Impressum:

© 2016 Jochen Hagemann

Umschlaggestaltung: outside
Lektorat: Flensburger Lektorenbund

Verlag: tredition GmbH, Hamburg

ISBN: 978-3-7345-3229-0

Bibliografische Information der Deutschen Nationalbibliothek:
Die Deutsche Nationalbibliothek verzeichnet diese Publikation in der Deutschen Nationalbibliografie; detaillierte bibliografische Daten sind im Internet über http://dnb.d-nb.de abrufbar.

Dieses Buch widme ich der Marine,
die es immer wieder geschafft hat,
mir ungewöhnliche und anspruchsvolle
Aufgaben zu stellen.

Erstes Kapitel

Der Dirigent hob den Taktstock und das Marinemusikkorps spielte den Marsch „Gruß an Kiel", der traditionell den Ball des Befehlshabers anlässlich der Kieler Woche eröffnete. Im Juni 1996 war es nicht anders, auch diesmal war der Ballsaal gut gefüllt. Uniformen der teilnehmenden Nationen und ihre Damen, organisiert vom Kieler-Woche-Stab, sofern es sich um Begleiterinnen für die ausländischen Teilnehmer handelte, gaben Aufschluss über alle Modeformen, die zur Zeit aktuell waren.

Natürlich überwogen die Uniformen der deutschen Teilnehmer, meist in Uniform-Smoking, sofern es nicht Reservisten waren, die in Ausgehuniformen erschienen waren und sich genau so wohl fühlten.

In guter Tradition eröffnete der Befehlshaber mit Gattin den Tanz in Form eines langsamen Walzers und nach und nach füllte sich die Tanzfläche mit begeisterten, wenn auch nicht immer kundigen und begabten Tänzern, unter ihnen auch Korvettenkapitän Karsten Mielke mit seiner Ehefrau Inge.

Mielkes Stimmung entsprach nicht unbedingt der Eröffnung eines netten Balls, an dem er mit seiner Inge teilnehmen durfte. Der Befehlshaber hatte ihn am Vormittag zu sich zitiert und ihm vorgehalten, dass er seine Hauptaufgabe im Jahre 1996 nicht erfüllt hat, dem Admiral endlich auch eine Einladung in eines der Hauptquartiere der Marinen im Osten der Ostsee zu ermöglichen. Und nun war lediglich eine Einheit aus Lettland erschienen, kein polnisches Schiff und erst recht kein russisches Kriegsschiff aus Baltysk. Der Admiral war enttäuscht, beleidigt und ließ seinen Unmut an Mielke aus. Schließlich hatte er dafür gesorgt, dass Mielke nicht mehr ausschließlich für Umweltschutz im Regionalkommando verantwortlich war, sondern auch noch die Zusammenarbeit mit den östlichen Nachbarn, ehemaligen Mitgliedern des Warschauer Pakts, organisieren und fördern sollte.

Mielke hatte sich nach Kräften bemüht, aber die Zeiten waren vorbei, wo zur Kieler Woche Schiffe aus dem Osten in erbärmlichem Zustand einliefen, in der berechtigten Hoffnung, sie mit Hilfe der Bundesmarine wieder in fahrfähigen Zustand zu versetzen und mit Ersatzteilen und Verpflegung nach Hause zu schicken. Nachdem einige Kommandanten solcher Einheiten mit loser Zunge in fröhlicher Runde dieses auch unumwunden zugegeben hatten, gab es inzwischen klare Anweisungen, solche Hilfen auf Notmaßnahmen zu beschränken und Reparaturkapazitäten dafür nicht freizugeben. Schließlich waren seit dem Fall der Mauer mehr als fünf Jahre vergangen und die Euphorie merklich abgeebbt.

So war eben nur der lettische Minensucher „Viestuns" auf der Liste. Schade für den Admiral, aber auch für Mielke. Als wenn er für den Befehlshaber etwas hätte ändern können, zum Beispiel selbst ein polnisches Schiff einzuladen. Doch noch etwas nervte Mielke. Er erkannte unter den Teilnehmern auch seinen Crewkameraden Manfred Eimer vom Flottenkommando, den mit dem Spitznamen Pütz.

Dieser zeigte stolz die 3 1/2 Streifen eines Fregattenkapitäns auf seinen Ärmeln. Er war also inzwischen befördert worden, ganz im Gegensatz zu Mielke, der wohl noch warten musste, obwohl er glaubte, es auch verdient zu haben. Aber ein wohlmeinender Flottenchef hilft sicher mehr als ein misslauniger Befehlshaber Regionalkommando, wenn es um die Entscheidung geht, wer wann befördert werden soll.

Es war auch nicht die Tatsache der Beförderung von Pütz, sondern der wahrscheinlich prüfende oder gar vorwurfsvolle Blick seiner Inge, der ihm Sorge bereitete. Wie kann man seiner Angetrauten erklären, dass nicht immer nur Leistung und Fähigkeit entscheiden, sondern auch andere Kriterien, auf die man keinen Einfluss hat. Na ja, vielleicht würde Inge es auch gar nicht merken, wenn sie sich begegnen sollten. Aber darauf wollte er auch nicht wetten.

„Karsten, was ist los mit dir, mein Schatz? Du bist mit deinen Gedanken irgendwo, aber nicht hier auf der Tanzfläche. Los, du bist doch ein guter Tänzer!", ermunterte ihn Inge.

„Entschuldigung", antwortete Mielke, „du hast Recht, heute ist unser Ball. Lass uns tanzen, dann gehen wir an die Bar und das kalte Buffet wartet ja auch noch."

* * * *

Natürlich dauerte es nicht lange, bis Manfred Eimer und seine Hannelore, in der Crew Pützchen genannt, auf die Mielkes an der Bar trafen.Mielke überspielte seinen Unmut überrascht und betont fröhlich. „Mensch, Pütz, das ist ja eine Freude. Man hat dich befördert."

„Was, Karsten? Ach so, das ist schon lange her, zum 1. April. Aber wir haben uns ja seitdem auch nicht mehr gesehen. Bist du immer noch im Regionalkommando oder darfst du jetzt was Richtiges tun?" „Nein, nein, immer noch der alte Haufen und Umweltschutz mach ich auch noch. Aber nebenher benutzt mich der Admiral auch noch für die Dinge, die nicht so richtig in die Stabsarbeit hineinpassen, so wie die Zusammenarbeit mit den Marinen des ehemaligen Warschauer Pakts." „Dieses Jahr ist es ja nicht so toll mit der Teilnahme. Nur ein Lette, wenn ich richtig gelesen habe." „Stimmt, und der Alte ist sauer und denkt, ich hätte ihm das eingebrockt."

Pützchen wandte sich an Inge. „Du glaubst ja gar nicht, was so eine Beförderung an Kosten verursacht. Da müssen die Uniformärmel bis zum Ellenbogen aufgetrennt werden, da der halbe Streifen aus unerklärlichen Gründen nicht ganz oben sein darf. Und dann die neuen Schulterstücke und von der Beförderungsparty will ich gar nicht erst sprechen. Also, wir haben Monate gebraucht, um uns von diesen Ausgaben zu erholen."

Inge war sich nicht im Klaren, ob Pützchen ihr erklären wollte, dass eine Beförderung sich nicht lohnte oder ob sie nur ihren Anteil an dem Aufstieg ihres Mannes zu betonen beabsichtige. Jedenfalls kam das, was Hannelore sagte, nicht zu gut an, denn Inge wusste schon, wie ihr Karsten sich über eine Beförderung gefreut hätte.

Wenn sie sich recht erinnerte, hatte Karsten auch nie lobend von Pütz gesprochen. Er hielt ihn vielmehr für ein ziemliches Weichei, der gerne Schwierigkeiten aus dem Wege ging. Und so einer wurde nun früher befördert, es blieb eine Ungerechtigkeit.

Die Stimmung zwischen den beiden Ehepaaren blieb unterkühlt und man trennte sich bald, nicht ohne dass die Crewkameraden versprochen hatten, sich beim nächsten Wiedersehen ordentlich auszuquatschen. So gehört sich das auch in einer Crew.

Mielkes schlenderten zu ihrem Tisch zurück und schwangen das Tanzbein, bis Karstens Hemd völlig verschwitzt war. Sie genossen den Abend, bis die Kapelle „Guten Abend, gute Nacht" anstimmte, in der Marine nur Hängematts-Walzer genannt. Der geänderte Text versprach auch für den folgenden Tag nicht das Wecken, sondern das Ankerspill, an dem man wieder stehen und den Anker hieven würde. Gesummt und gepfiffen verbreitete er schon eine besondere Stimmung, zu der auch das „Gute Nacht, Kameraden" und die Antwort „Gute Nacht, Herr Admiral" gehörte.

Mielkes wanderten durch die laue Sommernacht zurück in ihre Wohnung. Sie freuten sich, auf dem Weg öfters Gruppen von Seeleuten verschiedener Nationen zu sehen, die entweder ihrem Schiff oder den Vergnügungen der Küste zustrebten. Ganz Kiel war am Feiern und das Wetter spielte dieses Jahr sehr gut mit.

Zweites Kapitel

In der Woche nach der Kieler Woche wurde Mielke zu seiner Überraschung zum Chef des Stabes befohlen. Es war keine Stabsbesprechung, sondern ein Einzelgespräch, zu dem er geladen war. Schnell prüfte Mielke, ob in einem seiner Zuständigkeitsgebiete etwas falsch gelaufen war, aber ihm fiel nichts ein. Vielleicht wollte der C mit ihm auch über weitere Verwendungen innerhalb oder außerhalb des Stabes sprechen. Immerhin war er schon vier Jahre auf dem Stuhl des Dezernenten Umweltschutz.

Pünktlich war Mielke zur Stelle und wunderte sich, dass die Besprechung in der gemütlichen Ecke des Dienstzimmers und nicht, wie normal, am Schreibtisch stattfand. „Nehmen Sie Platz, Herr Mielke. Schenken Sie sich Kaffee ein, Milch und Zucker stehen da." Der C setzte sich in den Sessel und Mielke wurde auf dem Sofa platziert.

„Also, Mielke, ich bin nicht für lange Vorreden, lassen Sie mich sagen, was in den letzten Tagen hochgekommen ist und was das mit Ihnen zu tun hat. Der Einsatz der NATO in Bosnien-Herzegovina fordert alle teilnehmenden Nationen auf das Äußerste. Das gilt im Besonderen für die Bundeswehr, die nicht nur die Brigade in Sarajevo stellt, sondern auch die Mehrzahl des Personals von LANDCENT in Heidelberg, dem Hauptquartier NATO Landstreitkräfte Zentral-Europa. Wir müssen uns nun alle bemühen, dieses Hauptquartier zu entlasten und Personal abzustellen, das zumindest für sechs Monate Dienstposten im Hauptquartier IFOR oder SFOR, wie es nach Implementierung des Friedensabkommens von Dayton heißen wird, übernehmen kann. Dieser Wechsel ist für Januar 1997 vorgesehen, dann wird aus der Implementierungsstreitmacht IFOR die Stabilisierungsstreitmacht, also SFOR.

HQ LANDCENT ist auf Dauer nicht in der Lage, Nachfolgepersonal aus dem eigenen Bestand zu generieren, da es jetzt schon mit etwa siebzig Prozent des Umfangs in Sarajevo ist. Der Leiter der Operationsabteilung als dienstältester deutscher General hat auf der letzten Tagung der Kommandeure des Heeres eindeutig klargemacht, dass sie nicht mehr können. Es gibt Spezialisten im HQ LANDCENT, die seit über einem Jahr im Einsatzgebiet sind und nicht ersetzt werden können, da es im HQ LANDCENT keine Vertreter für sie gibt. Sie versuchen zum Teil, über Telefon ihre normale Friedenstätigkeit aus Heidelberg während ihres Einsatzes bei IFOR/SFOR weiter wahrzunehmen. Unmöglich, so etwas.

So kann das nicht weiter gehen. Alle Stäbe der Bundeswehr wurden aufgefordert zu prüfen, wo und wie viel Ersatzpersonal zur Verfügung gestellt werden kann. Alles klar soweit, Herr Mielke?"

„Jawohl, Herr Oberst. Aber ich bin mir nicht im Klaren, wie ich da helfen kann. Ich verstehe nicht viel von Operationen des Heeres."

„Gemach, gemach, junger Freund. Auf Sie komme ich noch", sagte der Chef des Stabes. „Wir, wie alle Regionalkommandos, haben auch eine Liste der Dienstposten bekommen, die in Sarajevo neu besetzt werden müssen, ob sie nun von LANDCENT oder anderen Stäben gestellt werden. Darunter ist auch das Sachgebiet Umweltschutz, für das ein Nachfolger gesucht wird. Der jetzige Amtsinhaber kommt aus Österreich, aber die Regierung in Wien hat angedeutet, ihn abziehen zu wollen. Dezernenten für Umweltschutz, wie wir ihn mit Ihnen hauptamtlich zur Verfügung haben, sind ja auch unter den Regionalkommandos die Ausnahme. Daher wollen wir Sie als potentiellen Nachfolger melden. Wahrscheinlich wird man Sie nicht auswählen, als Mariner passen Sie ja auch nicht so richtig in das Hauptquartier in Sarajevo.

Ich setze Sie jetzt offiziell davon in Kenntnis, dass das Regionalkommando Nord Sie als möglichen Nachfolger für den Bereich Umweltschutz für einen Zeitraum von maximal sechs Monaten benennen wird. Haben Sie grundsätzliche Einwände gegen diese Benennung, zum Beispiel Gesundheit, Familie oder andere schwerwiegende Gründe?"

„Nein, Herr Oberst", erwiderte Mielke nach einer kurzen Pause. „Das habe ich mir auch gedacht, Herr Mielke", nickte der C. „Ein Freund in verantwortlicher Stelle im Stabe IFOR hat mir bedeutet, der Umweltschutz in Bosnien sei auch ganz ohne Maßnahmen wesentlich verbessert worden. Die Fabriken, die bisher ihre Abwässer einfach in die Flüsse einleiteten, sind jetzt alle zerstört. Keine Abwässer, keine Verschmutzung und die Natur erholt sich. Die Neretva, die durch Mostar fließt, war seit hundert Jahren nicht so sauber wie sie jetzt ist, sagt jedenfalls mein Freund. Na klar, die Leute haben auch keine Arbeit mehr, aber das ist ja ein anderes Thema. Grüßen Sie Ihre Frau, Herr Mielke, und machen Sie sich nicht zu schwere Gedanken. Aller Wahrscheinlichkeit nach werden Sie nicht ausgewählt werden. Und sollte es tatsächlich dazu kommen, bildet man Sie auch entsprechend aus. In der Infanterieschule des Heeres in Hammelburg werden alle Einheiten, die für den Einsatz in Bosnien vorgesehen sind, auf diesen Einsatz vorbereitet. Ich sorge dafür, dass Sie in einer passenden Ausbildungswoche mit ausgebildet werden. Dann werden Sie endlich mal sehen, wie es im Heer wirklich aussieht, nicht diese paar Spielchen hier im Norden."

Der Chef des Stabes lachte und schien sich richtig zu freuen, einem Marineoffizier das wahre Heer vorstellen zu können. Mielke schluckte ein wenig und meldete sich vorschriftsmäßig ab.

* * * *

Am Abend musste Mielke seiner Inge erklären, was der Chef des Stabes ihm eröffnet hatte. Er hätte so etwas auch nicht verschweigen können, dafür trug er sein Herz viel zu sehr auf der Zunge. Inge reagierte entsetzt.

„Karsten, das können sie nicht mit dir machen. Du bist zur Marine gegangen. Du verstehst doch gar nichts von Deckung und Minen und all diesen schrecklichen Dingen, die man täglich im Fernsehen sieht. Nein, das lasse ich nicht zu!"

„Nun beruhige dich doch erst einmal. Es ist doch gar nicht sicher, ob ich überhaupt hingeschickt werde. Und wenn, dann passe ich eben besonders auf. Es ist ja nicht so, dass laufend Bundeswehrangehörige erschossen werden oder auf Minen treten. Natürlich ist es gefährlicher, als im Stabe in Kiel zu arbeiten und körperlichen Gefahren nur beim Überqueren der Straße ausgesetzt zu sein.Im Übrigen bin ich Berufsoffizier und muss dahin gehen, wohin mich der Dienstherr schickt. Ich kann mir ja nicht nur die schönen Dienststellen von List auf Sylt bis Kiel aussuchen, sondern muss auch von Kiel nach Sarajevo, wenn es so erforderlich ist. Nein, Inge, nun lass uns nicht mehr daran denken, das ist ja alles nur ungelegte Eier."

Aber Inge war nicht so schnell zu beruhigen. „Ich weiß auch, dass du immer gerne dahin gehst, wo ordentlich was los ist, wie du so sagst. Ich sehe dich förmlich vor mir, wie deine Neugierde dich dahin treibt, wo es besonders gefährlich ist, nur weil du einfach nicht aufpassen kannst, wenn ich nicht bei dir bin." Es flossen gar Tränen über Inges Wangen. Mielke nahm sie in den Arm und versprach alles, was man verspricht, wenn man seine Frau beruhigen will, damit der Abend nicht von zukünftigen Ereignissen bestimmt wird.

Natürlich wurde Inges Appetit auf aktuelle Nachrichten vom Balkan nun riesig. Sehr zum Unwillen von Karsten, der gerne dreimal Nachrichten und Kommentare dazu am Abend haben konnte, aber nicht gezwungen werden wollte, jeden Zwischenfall so bewerten zu müssen, als sei er selbst davon betroffen. An einem Sonntag kam sie sogar auf die Idee, Karsten könnte doch den Wehrdienst verweigern, wenn er nach Bosnien geschickt werden sollte. Aber das ging nun bei allem Verständnis für Inge eindeutig zu weit.

„Das wäre nun so feige und ich könnte mich nicht mehr im Spiegel ansehen", erklärte Mielke. „Es müsste dann ein anderer für mich nach Sarajevo. Ich würde mich so schämen. Nein Inge, lass das, so weit darf es nun doch nicht gehen."

Inge sah ein, dass ihre Überlegungen da vielleicht doch etwas übertrieben waren und versprach, das Thema Wehrdienstverweigerung nicht mehr anzusprechen.

* * * *

Der Sommer verlief wie üblich. Im Stab des Regionalkommandos wurde Urlaub wie in den Vorjahren genehmigt. Die Ereignisse in Sarajevo bestimmten auch nicht mehr die Schlagzeilen, nachdem das grässliche Morden aufgehört hatte. Natürlich war die Krise nicht überwunden und auch aus Mielkes Bekanntenkreis wurde einer nach Sarajevo abkommandiert, nämlich Mike Habicht, Mielkes alter Freund und Vertrauter vom MAD. Er hatte sich verabschiedet mit der Bemerkung, er müsse nun dafür bezahlen, denn er habe seine Beförderung zum Oberstleutnant nicht abgelehnt.

„Ich habe überhaupt keine Lust zu dieser GENIC, unserer German National Intelligence Cell, Karsten", vertraute er seinem Freund an. „Aber alle Nationen verfügen über eine solche Aufklärungszelle, also auch wir Germanen und beim MAD-Amt wurde meine Karte gezogen. Leider kenne ich den vorgesehenen Chef dieser Zelle von einigen Speziallehrgängen und wir mögen uns beide nicht. Na ja, mal sehen, was das wird, hoffentlich vergessen sie mich dort nicht."

Karsten Mielke drückte Sympathie und Trost aus, aber Habicht bemerkte nur: „Braucht dich ja gar nicht zu interessieren, ist ja keine Marineoperation."

„So ganz auch nicht, Mike. Man hat mich für den Bereich Umweltschutz im HQ IFOR oder SFOR vorgeschlagen." „Na, so bescheuert können die nun doch nicht sein. Die Umweltverschmutzer sind mit Sicherheit die Panzer und schweren LKW, davon verstehst du doch ziemlich wenig. Es gibt bestimmt mehr Anwärter vom Heer, zumal man ja auch einige ordentliche Zulagen bekommt. Da hast du keine Chance."

So hatte Mielke das noch gar nicht gesehen. Zulagen für den Zeitraum der Abkommandierung, da musste er bald mal mit der Verwaltung Kontakt aufnehmen.

Die Erkundungen bei der Verwaltung führten zunächst zu gewaltiger Verwirrung, aber Mielke bestand darauf, dass solche Zulagen existieren. So wurde nachgespürt und es ergab sich eine Einsatzzulage, die für Verwendung im Einsatzraum gezahlt wurde, von etwa 100 DM pro Einsatztag, falls die Voraussetzungen erfüllt waren. Zusätzlich konnte noch eine Zulage für Leben unter Einsatzbedingungen gewährt werden. Damit konnte man für einen Monat in Sarajevo mindestens 3000DM Zulage erhalten, selbstverständlich steuerfrei.

Mielke rechnete sich noch weniger Chancen aus, zum Einsatz zu kommen, denn das war ja eine erkleckliche Summe. Besonders für jüngere Soldaten, für die eine Zulage in der Höhe mehr als eine Verdoppelung des Gehalts bedeutete. So ließ sich auch ein Haus leichter finanzieren oder eine Familie gründen.

Als Mielke seiner Inge davon erzählte, war sie weniger beeindruckt als er selbst und meinte nur, sie lasse sich nicht bestechen. Dennoch war sie wie ihr Ehemann der Ansicht, dass unter diesen Bedingungen eine Abkommandierung unwahrscheinlicher geworden war. Der Sommer mit dem bevorstehenden Urlaub ließ das Thema Sarajevo in den Hintergrund treten.

Mielkes hatten sich eine nette Ferienwohnung in Westerland gemietet, dicht am Brandenburger Strand, wo sich die Surfer tummelten und den alljährlichen Weltcup vorbereiteten. Außerdem wollte Inge unbedingt einmal sehen, wo Karsten – wenn auch nur kurz – Dienst geleistet hatte, bevor er nach Kiel versetzt wurde. Von der bekannten Musikmuschel über die Kaserne in List mit der berühmten Offiziersmesse bis zur Fundstelle seines toten Mitarbeiters ließ Mielke nichts aus, was die Insel Sylt außer Strand und Nachtleben noch zu bieten hatte (siehe Roman „Strömungen und Untiefen"). Inge fand das alles sehr interessant, aber die Erleichterung, hier nicht ansässig geworden zu sein, war ihr deutlich anzumerken. Schließlich gab es nicht nur Sommertage auf Sylt, sondern auch Winter, Kälte, Stürme und dann relativ wenige Fluchtmöglichkeiten von der Insel.

* * * *

Mielke kam gut erholt und braungebrannt von seinem Urlaub zurück und war nicht überrascht über die wenigen Vorfälle in seinem Sachgebiet Umweltschutz. Es gab kaum etwas, was seine baldige Aufmerksamkeit erforderte. Das sollte sich schlagartig ändern, als er zum Befehlshaber des Regionalkommandos zitiert wurde. Zu seiner Überraschung waren auch der Chef des Stabes sowie der Leiter der Personalabteilung, der G1, anwesend.

„Herr Mielke", begann der Admiral. „Ich bin selbst überrascht, was mir gestern am Telefon und heute Morgen auch schriftlich übermittelt wurde. Sie sind ausgewählt worden, ab Januar 1997 den Bereich Umweltschutz im HQ SFOR wahrzunehmen. Als Sie im Juli von uns benannt wurden, haben wir nicht damit gerechnet, dass Sie in die engere Auswahl kämen. Aber der Führungsstab Marine in Bonn war begeistert von der Aussicht, einen Marineoffizier im Hauptquartier in Sarajevo sitzen haben zu können, um so auch Informationen aus dem HQ zu erhalten, die nicht erst durch die NATO oder das Heer gefiltert worden sind." Der C spitzte die Lippen, sagte aber nichts.

„Der Führungsstab Marine", fuhr der Admiral fort, „hat dann seine Beziehungen spielen lassen und verhindert, dass andere qualifizierte Kandidaten auch nur geprüft wurden. Außerdem wurde sofort die Zustimmung des Bundestages zur Aufstockung des Kontingents Bosnien-Herzegowina eingeholt, um einen Marineoffizier kommandieren zu können. Die ist inzwischen erteilt. Soweit alles klar, Herr Mielke?" Mielke schluckte, räusperte sich und antwortete „Jawohl, Herr Admiral."

Dieser fuhr fort: „Gut. Natürlich haben Sie sich um den Umweltschutz im Einsatzgebiet zu kümmern, aber wie wir die Dinge hier sehen, wird Sie das nicht übermäßig beschäftigen. Sie sind ja ein umtriebiger und neugieriger Mann, der sicher wesentlich mehr erfahren wird als nur Umweltbelange. Das ist zumindest die Hoffnung von den Herren in Bonn und wir haben den Stab bestärkt, mit Ihnen den richtigen Mann ausgewählt zu haben. Bevor Sie nun im Januar nach Sarajevo fliegen, müssen noch einige Voraussetzungen erfüllt werden. Erstens: Wir gut ist Ihr Englisch?"

„Nur das, was ich in der Marine gebraucht habe, also wenig und das ist auch eingerostet."

„G1, ist noch Chance, für Mielke einen Sprachkurs beim Bundessprachenamt in Hürth zu organisieren?"

„Ich werde mich sofort darum kümmern. Viel kann ich jedoch nicht versprechen. Englisch wird kaum noch unterrichtet, man geht davon aus, dass genügend Sprachkenntnisse bereits in den Schulen vermittelt werden, Herr Admiral."

„Gut, machen Sie das. Wir wollen Herrn Mielke die beste Vorbereitung geben, die in der Kürze der Zeit möglich ist."

„Chef des Stabes, Sie sprachen von einem Lehrgang in Hammelburg. Muss da jeder hin, der nach Bosnien geschickt wird?"

„Jawohl, Herr Admiral, der ist Voraussetzung für alle. Ich habe mich erkundigt, welche Truppenteile in Vorbereitung auf den Einsatz sind. Im Oktober wird eine Pionierbrigade aus Brandenburg in Hammelburg ausgebildet. Ich rede mal mit dem Brigadekommandeur, wir kennen uns vom Führungsstab Heer, und frage nach, ob sie einen zusätzlichen Offizier mit ausbilden können, auch wenn der von der Marine stammt. Sollte kein Problem sein, zumal auch alle

Ärzte, Militärseelsorger und Verwaltungsbeamte, die nach Bosnien sollen, diesen Lehrgang besuchen müssen."

Der Admiral nickte. „Sie sehen, Herr Mielke, wir kümmern uns um Sie, denn Sie sind schon etwas Besonderes im Regionalkommando Nord."

„Noch etwas, was beachtet werden muss?" „Herr Admiral" meldete sich der G1, „bei Herrn Mielke muss noch die vorgeschriebene Auslandsverwendungsfähigkeit durch den Truppenarzt festgestellt werden." „Na, das sollte wohl kein Problem geben, so gesund wie Herr Mielke aussieht. Machen Sie nur."

Der Admiral stand auf und wandte sich Mielke direkt zu. „Herr Mielke, ich empfehle Ihnen, sich mit einem Sprachlehrgang Englisch auf Kassetten auszustatten und fleißig Vokabeln zu büffeln. Natürlich hat man die 500 Worte, die für „small talk" reichen, schnell wieder parat, aber Sie sollten mehr können. Sie werden nicht für Messegespräche nach Bosnien geschickt, sondern Sie sind auch Ohr und Auge des Führungsstabes Marine in Sarajevo, aber nicht der Sprecher. Merken Sie sich das und halten Sie sich im Zaume."

Der Admiral reichte Mielke die Hand und verabschiedete ihn. „Nun also doch", seufzte Mielke insgeheim.

Einerseits hatte er keine Ahnung, was auf ihn zukommen würde, andererseits war es auch ein Vertrauensbeweis der Marine, ihn als ersten Marineoffizier in das Hauptquartier nach Sarajevo zu schicken. Und neugierig, wie er war, freute er sich jetzt sogar, eine große Operation des Heeres aus der Nähe beobachten zu können. Schließlich wurde es auch Zeit, einige Vorurteile abzubauen, die man immer als Mariner gegenüber dem Heer hatte.

Drittes Kapitel

Als der Termin zur Feststellung der Verwendungsfähigkeit für diesen Einsatz anstand, ging Mielke fröhlich in die Sanitätsstaffel, wo er nach der gebührenden Wartezeit zu einem Stabsarzt der Marine vorgelassen wurde. Der war deutlich jünger als Mielke, wahrscheinlich ein Wehrdienstleistender.

Mielke erklärte sein Anliegen und die Besonderheiten des Einsatzes. Der Doktor prüfte die Krankenakte von vorn bis hinten, räusperte sich und hub dann an: „Herr Kapitän, ich glaube nicht, Ihnen Ihre Auslandsverwendungsfähigkeit so ohne weiteres attestieren zu können. Sehen Sie, hier lese ich von einem Rückenproblem, das laut Gutachten von 1986 auch ein Bandscheibenvorfall hätte sein können, der aufgrund Ihrer damaligen Tätigkeit an Bord nicht ordentlich diagnostiziert und behandelt wurde.

Gemäß den Richtlinien, die für Ihren Fall zur Anwendung kommen, schließt eine solche Diagnose und auch die Prognose derzeit eine Auslandsverwendung aus. Ich werde Entsprechendes auf dem Formblatt vermerken."

„Wenn Sie glauben, es ohne Rücksprache mit dem leitenden Sanitätsoffizier machen zu können, Herr Doktor" antwortete Mielke, „dann machen Sie das nur. Ich kann Ihnen aber einen Einspruch gegen Ihre Entscheidung versprechen."

„Der Chef ist nicht befugt, meine Entscheidung anzuzweifeln."
„Gut, wenn das so ist, dann spreche ich mit dem Admiral, da die Personalabteilung nun einen anderen Offizier benennen muss."
„Ja, wissen Sie, Herr Kapitän, das ist auch zu Ihrem Schutz. Ich kann mir nicht vorstellen, wie Sie in Bosnien mit einem Bandscheibenvorfall klar kommen wollen."

„Ich habe nie etwas gespürt, besonders nicht nach Abschluss der Seefahrtszeit. Ich denke, diese damalige Diagnose war etwas übervorsichtig." „Aber hier steht sie in den Akten und danach muss ich mich richten."

Mielke verabschiedete sich und ging zurück ins Regionalkommando. Auf dem Wege horchte er in sich hinein, ob er Rückenprobleme spüren konnte. Nichts, gar nichts! Da der G1 das Formblatt zur Begutachtung unterschrieben hatte, wandte er sich direkt an die Personalabteilung, wo diese Neuigkeit mittleres Entsetzen hervorrief.

„Unmöglich, dieser Stabsarzt!" rief der G1. „Da muss ich mit dem Admiralarzt in Bonn sprechen. Oder sind Sie etwa dienstunfähig?" „Natürlich nicht, Herr Oberst. Ich halte das für ziemlichen Blödsinn", rief Mielke empört. „Gehen Sie in Ihr Büro, Herr Mielke. Sie werden noch heute von mir hören."

Der Anruf kam am Nachmittag, aber nicht vom G1, sondern direkt vom Stabsarzt.

„Herr Kapitän, nach reiflicher Überlegung und Rücksprache mit den Autoritäten in Bonn habe ich mich entschlossen, Ihnen doch ausnahmsweise die Auslandsverwendungsfähigkeit zu bescheinigen. Ich hoffe, Sie sind damit zufrieden."

„Dann erwarte ich Ihren geänderten Bescheid, Herr Doktor." Mielke war sich sicher, nicht reifliche Überlegung, sondern ausschließlich heftiger Druck aus Bonn war Grund für die Meinungsänderung des werten Doktors. Damit fehlte vor dem Abmarsch nach Bosnien nur noch der Aufenthalt in Hammelburg, auf den der Chef des Stabes soviel Wert gelegt hatte.

Mielke musste erst noch einmal prüfen, ob seine Ausstattung mit Fleckentarnanzug, oliv farbiger Wäsche und weiterer Ausrüstung noch dem Soll entsprach. Sein Hauptfeldwebel, mit dem er seit Beginn der Tätigkeit im Regionalkommando (siehe „Tonnen und Leuchtfeuer") zusammenarbeitete, war da äußerst hilfreich, auch wenn er Mielke immer mehr geben wollte, als Mielke lieb war. Vom zweiten Paar Kampfstiefel bis zu zusätzlichen Halstüchern und auf alle Fälle die modernste ABC-Ausrüstung, alles sollte mit in den Seesack, der dafür vorgesehen war. Mielke wehrte sich und sein Hauptfeldwebel schüttelte den Kopf, warum ein Stabsoffizier nur so unvernünftig sein kann, diese wichtigen Dinge nicht mit in den Einsatz zu nehmen. Aber Mielke verwies auf die Ausstattung für Marine Land, die er auf keinen Fall überschreiten wollte.

Dennoch war alles zu viel, was er mitnehmen wollte und sollte, schon als Reisegepäck im Zug. Das Ausbildungszentrum Infanterie in Hammelburg war nicht in Bahnhofsnähe, sondern weit weg vom Zentrum. Nur über eine schmale Privatstraße des Bundes konnte es erreicht werden, wie die Kameraden des Heeres im Regionalkommando erläutert hatten.

Es blieb nur die Fahrt im eigenen PKW, da ein Dienstwagen auf keinen Fall zur Verfügung gestellt werden konnte. Die Abrechnung nach Bahntarif wurde akzeptiert und auch Inge war bereit, für die eine Woche auf das Familienauto zu verzichten. Schließlich sollte ihr Karsten, wenn er auf seinen Einsatz vorbereitet wird, sich nicht auch noch um sein Gepäck sorgen müssen. Sehr geschickt hatte Karsten ihr auch noch vorgerechnet, dass nach sechs Monaten in Bosnien etwa 18,000 DM zusätzlich auf dem Konto sein würden, die man durchaus in ein neues Auto investieren könnte. Inge sollte während seiner Abwesenheit schon mal die Augen offen halten.

* * * *

An einem sonnigen Herbstsonntag sah man gegen neun Uhr einen älteren Volvo, voll gepackt mit soldatischer Ausrüstung, mit Mielke am Steuer in Hemdsärmeln mit Schulterstücken. Das Uniformjackett hing auf einem Bügel im Fond, Er befuhr die BAB 7 in südlicher Richtung mit dem Ziel Hammelburg, der ältesten Weinstadt Frankens. Doch nicht der Wein war vorrangiges Ziel, sondern die Infanterieschule, deren taktisches Zeichen sich Mielke eingeprägt hatte, denn er konnte nicht damit rechnen, entsprechende Straßenschilder zu entdecken. Es war ihm befohlen worden, nicht nach 18.00 Uhr einzutreffen, dann sollte bereits die Vollzähligkeit des neuen Lehrgangs festgestellt werden.

Mielke kam gut voran und bereits gegen 16.30 Uhr bog er von der Autobahn ab, sah ein entsprechendes Zeichen, das ihn den Berg hinauf führte. Am Tore einer militärischen Anlage hielt er an, stieg aus seinem Wagen, zog das Uniformjackett an und begab sich zur Wache. „Guten Tag", sagte er zu dem militärisch grüßenden Wachposten, nachdem er gegrüßt hatte. „Bin ich hier in der Infanterieschule?"

Der Posten nickte, sagte jedoch nichts. Offensichtlich hatte er noch nie einen Marineoffizier gesehen.

„Gut, dann sagen Sie mir, wo ich meinen Wagen abstellen kann und wo ich das Kasino finde, ich möchte etwas essen." Im breitesten Sächsisch kam die Antwort: „Hier können Sie nicht mit dem Auto hineinfahren und ein Kasino gibt es hier erst recht nicht."

„Wie nett", dachte Mielke, „man integriert hier schon ein paar Sachsen." „Dann werde ich das mit Ihrem Wachvorgesetzten besprechen. Wo ist er?"

„Ich bringe Sie zu ihm." Der Unteroffizier der Wache sprach genau so ein breites Sächsisch und konnte auch nicht helfen. Aber er ließ Mielke an das Telefon und stellte eine Verbindung mit dem Stab der Schule her. Es meldete sich der Einsatzfeldwebel, ebenfalls ein Sachse. Am liebsten hätte Mielke versucht, auch zu sächseln, aber er ließ es lieber.

Als Mielke seinen Dienstgrad genannt hatte, wurde der Hörer ohne weitere Bemerkungen an einen Oberstleutnant von Hühne weiter gegeben. Der Oberstleutnant sprach hochdeutsch, hatte Kenntnis von einem Korvettenkapitän aus Kiel und wies den Unteroffizier an, Mielke mit Auto in die Anlage zu lassen. Der Wachposten hob die Schranke, ließ Mielkes Auto durchfahren und schüttelte, wie Mielke im Rückspiegel erkennen konnte, fassungslos den Kopf. Hoffentlich hatte diese Begegnung mit der Marine nicht sein ganzes Weltbild durcheinander gebracht.

Vor dem Stabsgebäude wartete schon der Einsatzfeldwebel, ein Stabsfeldwebel aus Sachsen und führte ihn zum Oberstleutnant von

Hühne, dem Kommandeur. Dieser begrüßte ihn freundlich und lud ihn in sein Büro ein, in dem sich Listen, Tabellen und Ähnliches häuften. „Das sieht ja sehr tätig aus, und das an einem Sonntag", bemerkte Mielke.

Von Hühne lachte. „Hier gibt es keinen Sonntag. Heute am Nachmittag ist die Pionierbrigade aus Brandenburg eingetroffen, bezieht gerade die Unterkünfte und um 19.00 Uhr ist die erste Besprechung mit den Kommandeuren und Kompaniechefs. Morgen früh um 06.00 Uhr geht es los."

Das hatte Mielke nicht erwartet, sagte aber nichts, um nicht gleich dumm aufzufallen. „Ich finde es ja erstaunlich, wie viele Sachsen hier schon Dienst tun", bemerkte er. „Was? Nein, das sehen Sie falsch, Herr Mielke. Das ausbildende Bataillon ist aus Schneeberg in Sachsen und ich bin der einzige Nicht-Sachse in dieser Einheit. Hier wird nur sächsische Mundart gesprochen, da muss man sich dran gewöhnen."

„Und die Einheit, die ausgebildet werden soll?" „Das ist die Pionierbrigade aus Storkow in Brandenburg. Sie wird als nächster Großverband nach Bosnien verlegt, als 1. Kontingent SFOR. Wie Sie vielleicht wissen, ist die Minenbedrohung die größte Gefahr für alle in Bosnien. Jeder hat, so wie es ihm gefiel, Minen verlegt, natürlich ohne entsprechende Lagepläne. Nun müssen wir versuchen, Pläne zu erstellen und diese Gefahr zu minimieren, mehr geht auf keinen Fall. Aber das werden Sie ja auch in der nächsten Woche lernen.

Ach ja, Sie gehören jetzt übrigens zur 4. Ausbildungskompanie, 16. Zug. Hauptmann Donsbach ist der Kompaniechef und Hauptfeldwebel Heinemann ist Ihr Zugführer. Zusätzlich haben wir noch ein Zahnarzt und einen Militärpfarrer dabei. Sie werden also vorweg marschieren. Der Hauptfeldwebel ist natürlich unruhig, dass Sie seinen Zug durcheinander bringen, aber ich habe versucht, ihn zu beruhigen. Der Grund ist übrigens eine freie 4-Mann-Stube in der Unterkunft des 16. Zuges, die Sie zu dritt beziehen können. Dort wohnen Sie wenigstens nicht in der normalen 12-Mann-Stube zusammen mit den Pionieren. Ich rechne übrigens damit, dass Sie, Herr Mielke, sich der anderen weißen Raben annehmen und dafür sorgen, sie nicht in dieser Ausbildungsanlage zu verlieren."

„Ich werde mich bemühen, Herr von Hühne. Aber für mich ist das alles auch sehr neu."

„Bestimmt", lachte von Hühne. „Aber immerhin haben Sie sich nicht abschrecken lassen und sind mit Ihrem Auto in der Kaserne gelandet. Das ist schon eine Leistung! Ach, ehe ich das vergesse, Ausgang gibt es hier nicht. Ihr Auto wird eine Woche auf Sie warten. Zunächst müssen Sie zum Spieß, Laufzettel ablaufen, dann zur Kleiderkammer, Zusatzausstattung in Empfang nehmen, dann zum Doktor, um Ihren Impfstatus zu prüfen. Wenn das alles erledigt ist, holt Heidemann Sie hier ab, zeigt Ihnen, wo Sie Ihr Auto parken können, hilft beim Transport Ihres Gepäcks und bringt Sie zur Unterkunft. Ab dann sind Sie Lehrgangsteilnehmer wie jeder andere, nur mit dem Unterschied des Dienstgrades und der Teilstreitkraft. Doch am Freitag Nachmittag haben wir vielleicht Gelegenheit, Ihre Eindrücke von diesem Lehrgang in einem Gespräch zu vertiefen. Vorher werden wir uns kaum sehen, wie Sie verstehen werden."

Von Hühne erhob sich, schüttelte Mielke die Hand und begleitete ihn zur Tür. Nach einer knappen Stunde hatte Mielke einen weiteren Seesack mit Ausrüstung, Bettzeug und Handtücher unterm Arm sowie eine Verabredung mit dem Doktor für weitere Impfungen innerhalb der Woche.

Draußen wartete schon ein Hauptfeldwebel, der von dem vielen Gold auf der Uniform von Mielke sehr verwirrt schien. Jedenfalls ging er schweigend neben Mielke her, wusste offensichtlich nicht, was er sagen sollte. „Sie sind Herr Heidemann, richtig?" eröffnete Mielke.

„Jawohl, Herr …"

„Also sind Sie mein Zugführer, damit mein Vorgesetzter. Damit habe ich keine Probleme, auch wenn ich einen höheren Dienstgrad habe. Das ist hier alles neu für mich und ich bin dankbar für jede Hilfe. Waren Sie schon einmal in Hammelburg?"

„Nein. Wir hatten in der NVA eine andere Art der Ausbildung für Pioniere, gehörten auch nicht zu den Kampftruppen."

„Dann sollten wir beide versuchen, uns nicht zu verlaufen. Sind der Zahnarzt und der Pastor schon in der Unterkunft?"

„Jawohl, Herr ….."

„Also ich helfe Ihnen mal. Die richtige Anrede für mich ist Herr Kapitän, Herr Hauptfeldwebel. Aber ich lege keinen Wert darauf. Nur, wenn es ganz schwierig wird oder wenn Sie mich beleidigen. Davon gehe ich aber nicht aus", beruhigte Mielke den Hauptfeldwebel, der über diese Unterstellung entsetzt schien.

„Ich muss aufhören, lockere Sprüche loszulassen", dachte Mielke. „Besonders in dieser Woche und auch später in Bosnien. Ich glaube, das Heer ist gewohnt, alles ernst zu nehmen, was Vorgesetzte so sagen."

Inzwischen waren sie beim Parkplatz von Mielkes Wagen angekommen. Herr Heidemann musste fast gezwungen werden einzusteigen und mit zum endgültigen Abstellplatz des Autos, ganz hinten in der Ecke hinter den Mülleimern, zu fahren. Ohne Murren warf sich Heidemann den Seesack über, griff auch entschlossen zum Rucksack, so dass für Mielke nur der BUKO und die Aktentasche blieben.

* * * *

26

Die Unterkunft des Ausbildungszugs 16 war schmucklos, frei von Vorhängen oder ähnlichem Zierrat und diente ausschließlich der trockenen und windfreien Unterbringung eines Zuges, der nach dem Ausbildungstag sowieso nur froh war, sich langlegen und schlafen zu können. So jedenfalls empfand Mielke das Gebäude, das sich nicht von weiteren etwa 30 Gebäuden unterschied.

Der Hauptfeldwebel stieg zielsicher die Treppe hinauf und wandte sich nach links bis zur letzten Tür mit dem Türschild 205. Dort ließ er alle Gepäckstücke zu Boden, murmelte „die anderen sind schon drin", salutierte und stiefelte nach unten. Mielke klopfte, obwohl es eigentlich Blödsinn war, an die eigene Tür zu klopfen, und betrat seine Unterkunft für die nächste Woche.

Drinnen saßen zwei Männer in unterschiedlichen Ausprägungen von Verzweiflung. Der Jüngere hatte zumindest schon seinen Kampfanzug angezogen, wusste aber offensichtlich nicht, was er mit den Stiefeln machen sollte. Der andere, ein schon älterer Mann mit Halbglatze, saß im Trainingsanzug vor seinem Spind und versuchte die Sachen, die vorher in seinem Seesack gewesen waren, sinnvoll im Schrank unterzubringen. Nicht sehr erfolgreich, wie Mielke bemerkte.

„Guten Tag, meine Herren, mein Name ist Karsten Mielke, ich bin, wie Sie vielleicht erkennen können, Korvettenkapitän der Bundesmarine und vorgesehen für einen Einsatz in Bosnien ab Januar 2007. Wir werden diese Woche gemeinsam überstehen müssen und ich denke, es wird uns sicher gelingen."

Die beiden Männer erhoben sich und stellten sich vor. Der Jüngere hieß Tobias Langer und war ein Zahnarzt aus Bonn, der sich nach Abschluss der Wehrpflicht bei der Luftwaffe gleich zu einer Wehrübung von acht Monaten in Bosnien verpflichtet hatte. Jetzt wusste er allerdings nicht genau, ob das eigentlich eine gute Idee gewesen war. Der Ältere war ein katholischer Militärgeistlicher, der vom Kirchenamt der Bundeswehr für die Militärseelsorge in Sarajevo freigestellt worden war. Seine bisherige Gemeinde war mit einer anderen zusammengeschlossen worden und sein Bischof wusste zur Zeit nicht, wo er mit ihm hin sollte. Sein Name war Viktor Scheffel.

Beide freuten sich, einen aktiven Soldaten im Zimmer zu haben, der ihnen helfen würde, die Ausbildungswoche zu überstehen. Denn sie hatten große Sorgen, ob sie rechtzeitig zum Essen, zum Antreten oder zu den einzelnen Ausbildungsabschnitten erscheinen könnten. Mielke beruhigte sie und betonte, dass beim Heer alles laut und eindeutig befohlen würde.

Wie auf Bestellung erschallte ein lauter Pfiff mit der Batteriepfeife. Der Ausbildungszug sollte in zehn Minuten ohne Koppel und Kopfbedeckung zum Abendessen geführt werden. „Also los, meine Herren", rief Mielke betont fröhlich. „Uniform anziehen, mit Stiefeln aber ohne Mütze. Das Essbesteck und Becher nicht vergessen und rechtzeitig draußen sein."

Während seine Mitbewohner Stiefel, Schnürbänder und Essgeschirre suchten, pries Mielke innerlich seinen Hauptfeldwebel, der ihm genau erklärt hatte, in welchem Gepäckstück welche Ausrüstung zu finden war. Außerdem kannte er von seiner Kadettenzeit noch den Befehl „Flagge Luzie", der nichts anderes bedeutete, als in möglichst kurzer Zeit nacheinander die verschieden Anzugarten der Marine, vom Trainingsanzug bei der Hängemattsmusterung über Takelpäckchen bis zur Ausgehuniform mit gebrasstem Hut anzuziehen. Alles über drei Minuten pro Anzug galt als gemütlich.

So war Mielke auch nach acht Minuten fertig und konnte mit seinen Mitbewohnern noch einige Geheimnisse der Gefechtsuniform des Heeres entschlüsseln.

Rechtzeitig waren sie unten, wo der ganze Zug schon angetreten war. Der Zugführer war beruhigt, wies den drei Letztgekommenen das erste Glied zu, befahl „rechts um machen", was beim Zahnarzt als „links um" angekommen war und zu mittlerer Heiterkeit im Zug führte, die vom Zugführer aber sofort unterbunden wurde.

Der Ausbildungszug 16 marschierte nun, wie andere Gruppen aus verschiedenen Himmelsrichtungen, auf ein Gebäude zu, welches deutlich größer und erkennbar ein Küchengebäude war. Die großen Türen verschluckten die Marschierenden.

Als Mielke, neben dem der Zugführer marschierte, das Gebäude erreichte, war schon ein ziemlicher Geräuschpegel erreicht. An vielen Tischen saßen dicht an dicht Soldaten aller Dienstgrade und jeden Alters. Sie waren natürlich alle vom Heer, mit den drei bekannten Ausnahmen, die vom Zugführer zu einem noch freien Tisch geführt wurden. Der Zug setzte sich und kräftige Küchenfrauen trugen auf, was es an diesem Sonntag zu essen geben sollte, natürlich Eintopf in Blechschüsseln, dazu Tee aus Blechkannen und grob geschnittenes Brot.

Mielke, der tagsüber kaum etwas gegessen hatte, da er ja im Kasino von Hammelburg zu speisen gedachte, langte tüchtig zu und es schmeckte ihm vorzüglich. Auch seine Stubengenossen aßen, als wären sie nicht sicher, jemals wieder Nahrung in dieser Kaserne zu bekommen. Der Pfarrer natürlich nicht ohne ein kurzes Tischgebet, was von der Menge der Pioniere am Tisch nicht zur Kenntnis genommen wurde.

„Schade, dass wir heute nicht mehr aus der Kaserne dürfen", bemerkte Mielke und blickte seine Nachbarn an. „Wir sollten noch einen Schluck auf eine erfolgreiche Woche trinken, aber wo hier die Kantine ist, weiß ich nicht. Vielleicht kann der Hauptfeldwebel helfen."

„Ja, das wäre ausgesprochen nett", meinte der Pfarrer.

Der Zahnarzt konnte nur nicken, da er den Mund voll hatte. Doch der Hauptfeldwebel, von Mielke befragt, wusste auch nicht weiter. Ein Kantinengebäude war ihm bei der Geländebegehung am Nachmittag nicht gezeigt worden.

„Aber ich bin sicher, Herr Kapitän, irgendwo kriegen Sie schon was." Als Teller und Schüsseln abgeräumt waren, blieben fast alle sitzen, denn hier war es deutlich wärmer und gemütlicher als in den Unterkünften. Die Essensausgabe wurde geschlossen, Klappfenster verriegelt und mit Vorhängen abgedeckt.

Unmittelbar darauf wurden an der anschließenden Wand Vorhänge aufgezogen, Klappfenster entriegelt und geöffnet und zu Mielkes Verblüffung entstand innerhalb von Minuten eine richtige

Kantine mit Flaschenbier, Süßwaren und den üblichen Dingen, die Soldaten für die Freizeit so brauchen. Ein Jubel brach im Speisesaal aus und sofort stürzten sich Soldaten von einzelnen Tischen zum Tresen

„Na, dann hol ich mal drei Bier", sagte der Pfarrer, nachdem der erste Andrang vorüber war. „Wein wird es wohl kaum geben. Eigentlich schade hier in Franken."

Mit drei Flaschen kam er zurück, verteilte sie und sagte: „Ich bin wahrscheinlich der Älteste von uns und biete euch hiermit das Du an. Schließlich müssen wir gemeinsam diese Woche überstehen und treffen uns vielleicht auch in Bosnien. Das wäre doch schön."

Die beiden Mitbewohner der Stube 205 waren sehr einverstanden. Viktor, Tobias und Karsten waren so unterschiedlich, wie man es sich kaum vorstellen konnte. Das hinderte sie aber nicht daran, fröhlich miteinander zu plaudern, wobei natürlich Karsten Mielke der war, der überwiegend Auskunft erteilte. Schließlich verstand er mehr vom Dienst in der Bundeswehr, obwohl er immer betonte, wie völlig unvertraut für ihn das war, was hier abging und noch abgehen würde. Aber nach Meinung seiner Stubenkameraden hatte er die Erfahrung im militärischen Leben und den Dienstgrad, die zu einer bestimmten Gelassenheit führen. Beide versprachen, sich immer dicht bei ihm halten zu wollen, um möglichst viel mitzunehmen und möglichst wenig aufzufallen. Mielke versprach, ein Auge auf sie zu haben.

Der Hauptfeldwebel tauchte plötzlich auf. „Der Zug geht jetzt zur Unterkunft zurück. Ihnen ist natürlich freigestellt, solange zu bleiben, bis die Kantine geschlossen wird. Unser Gebäude 30 liegt in Marschzahl 42. Wecken ist um 05.30 Uhr. Gute Nacht."

Weg war er und auch der Zug war plötzlich verschwunden. Die drei von Stube 205 wollten aber ihr Bier noch austrinken und das Gespräch beenden.

Als sie so ziemlich als letzte die Kantine verließen, war alles dunkel, nur Lampen über den Eingängen der Unterkunftsgebäude gaben einiges Licht. Aber wo war nun Gebäude 30 und was heißt Marschzahl 42?

Pfarrer und Zahnarzt wandten sich dem Mann von der Marine zu, aber der konnte damit auch nichts anfangen. Also versuchten sie, sich zu erinnern, aus welcher Richtung sie zum Speisesaal gelangt waren, welche Abzweigungen sie benutzt hatten und ob es noch weitere Landmarken gab, an denen man sich auch in der Dunkelheit orientieren konnte.

Hätte Mielke nur einen Kompass dabei und eine klare Peilung von U-Gebäude 30 zur Kantine. Aber so war auch er ziemlich hilflos. Sie entschieden sich demokratisch für eine Richtung, liefen natürlich auf ein falsches Gebäude zu und orientierten sich dann an den Häusernummern. Nach einer halben Stunde hatten sie es geschafft und ihr Gebäude glücklich gefunden.

Morgen würde Mielke versuchen, einen Kompass zu besorgen, damit er sich endlich orientieren konnte.

Im Bett wälzten sich die drei noch einige Zeit hin und her, bis Viktor eingeschlafen war und heftig zu schnarchen anfing. Tobias versuchte aus seiner Koje, ihn davon abzuhalten, aber ziemlich erfolglos.

Mielke blieb ruhig. Das kannte er nun wirklich von den Unterkünften an Bord. Wenn man nicht einschlafen kann, nur weil jemand schnarcht, dann ist man einfach nicht müde genug.

Viertes Kapitel

Pünktlich um 05.30 Uhr wurde der Zug geweckt, indem der Unteroffizier vom Dienst einfach die Türen aufriss und mit der Trillerpfeife einen ohrenbetäubenden Lärm veranstaltete. Da war jedermann sofort wach. Das Waschbecken im Zimmer reichte, um den Schlaf aus den Augen zu waschen. Die Bekleidung war identisch mit der vom vorherigen Abend und pünktlich um 06.00 Uhr war der Ausbildungszug 16 auf dem Weg in den Speisesaal zum Frühstück. Das entsprach dem, was Mielke auch von der Marine her kannte: Brötchen, Butter, Marmeladen, Wurst und Käse, dazu Kaffee, der seinen Namen kaum verdiente.

Um 07.00 Uhr marschierte der Zug geschlossen wieder zurück zur Unterkunft, um Gepäck aufzunehmen und um sich zum Sammelpunkt der Ausbildung zu begeben. Auf einem anderen Weg ging es zur Hauptstraße, man reihte sich in den Strom der Züge ein und kam zu einem Platz, wo etwa 50 Militärbusse warteten. Mielke war tief beeindruckt von dieser perfekten Organisation.

Am Eingang des Platzes stand der Kommandeur des ausbildenden Bataillons, Oberstleutnant von Hühne, der Mielke kurz zulächelte, und neben ihm der Ausbildungsfeldwebel mit einer langen Liste in der Hand.

„Welcher Zug?", rief der Ausbildungsleiter. „Zug 16", kam die Antwort ihres Zugführers. Ein kurzer Blick in die Liste. „Bus 57, linke Reihe."

Damit war alles gesagt. Zug 16 bewegte sich in Richtung der linken Reihe und fand ohne Probleme Bus Nr. 57, besetzt mit einem zivilen Kraftfahrer und einem Feldwebel, der offensichtlich zum Ausbildungsteam gehörte. Auch er sprach selbstverständlich mit sächsischer Mundart. Nachdem alle eingestiegen waren, fuhr der Bus los, ohne dass viel angekündigt wurde.

„Guten Morgen", sagte der Ausbilder, nachdem alle ausgestiegen waren und sich um ihn versammelt hatten. „Heute Morgen steht der Objektschutz auf dem Programm. Ausbau von Stellungen, Eingangskontrolle, Sicherung und Alarmierung, Gefahr von Autobomben, Erste Hilfe, Psychologische Beratung, Umgang mit der Presse und Einsatz von Leuchtmitteln. Wir gehen gemeinsam zu der Übungseinrichtung und laufen die einzelnen Abschnitte ab. Fragen?"

Keiner hatte eine Frage. Mielke war wieder beeindruckt. Das alles an einem Vormittag? Lehrgänge im Objektschutz bei der Marine dauerten normalerweise eine Woche. Aber Objektschutz war schon eine Angelegenheit, die im Heer tägliche Aufgabe war. Nicht wie bei der Marine, wo man einfach mit seinem Schiff ablegte und Objektschutz nicht mehr beachten musste.

Der Zug marschierte zu einem richtigen Feldlager, das entsprechend bemannt war. Die Ausbilder erklärten, wie Eingangskontrollen mit entsprechenden Sicherungen des Wachpostens durchgeführt werden sollten, wie alarmiert wird und welches Verhalten Terroristen mit Autobomben zeigen. Dann folgten Erste Hilfe und die unvermeidliche Anwesenheit von Pressevertretern, die versuchen, Soldaten in Bild und Ton vor Kamera und Schreibblock zu bekommen. Möglichst in Situationen, die gefährlich sind und von den Soldaten nicht beherrscht werden.

Immer wurde erklärt, beschrieben, wie man es machen sollte, geübt und die Zeit verrann wie im Fluge.

Besonders aufregend an diesem ersten Ausbildungsabschnitt war die Suche nach einer Bombe, die unter einem Auto angebracht war und in das Lager eingeschleust werden sollte. Bei richtiger Nutzung des Spiegels hätte man die Bombe finden müssen, aber nach mehreren vergeblichen Untersuchungen ließ der Wachposten nun dieses Auto passieren. Drei Sekunden später ertönte eine Detonation genau unter diesem Wagen, was alle erschreckte, aber dem schuldigen Posten auch noch die Schamröte ins Gesicht trieb.

Um 12.15 Uhr wurde der Ausbildungsabschnitt abgeschlossen, obwohl Mielke und seine Freunde noch viele Fragen hatten und der Bus fuhr sie zu einem zentralen Punkt innerhalb des Übungsplatzes. Dort gab es in einem Zelt Brühe und einen Kanten Brot, auch mit Nachschlag. Man setzte sich dank des Sonnenscheins außerhalb des Zeltes auf Baumstämme, die extra dafür vorgesehen waren. Es gab viel zu besprechen unter den Dreien von 205, denn es war ein spannender und lehrreicher Vormittag gewesen.

Schon nach 20 Minuten ging es weiter. Gleicher Bus, aber anderes Thema, nämlich was man machen sollte, wenn man im Einsatzgebiet eine technische Panne hat. Wie reagiert man auf eine feindselige oder neugierige Zivilbevölkerung? Besonders auf Kinder, die so arm sind, dass sie entweder etwas stehlen oder etwas schnorren wollen, muss man achten. Wie organisiert man sich für optimalen Schutz, ohne bedrohlich zu wirken und alle unter Generalverdacht zu stellen. Wo können sich Heckenschützen aufhalten und wie erringt man Vertrauen zu den Zivilisten? Durchaus wichtige Fragen im Einsatzgebiet, wo man nicht vom Wohlwollen der Zivilbevölkerung ausgehen kann, denn man ist nicht nur Befreier, sondern in Bosnien für einige Volksgruppen auch Besetzer.

Ausbildungszug 16 wurde vor unterschiedliche Situationen gestellt, die im vorgegebenen Zeitrahmen zu erledigen waren. Zum Beispiel wurde der Abschlepphaken am Unimog, der nur mit einem Splint gesichert war, entwendet. Er musste in mühsamen Verhandlungen zurückgekauft werden. Die Soldaten, die die Zivilbevölkerung darstellten, machten das sehr echt. So bekam man einen klaren Eindruck, was einem im Einsatzgebiet passieren konnte.

Manches war für Mielkes Geschmack etwas zu vordergründig, aber der Lehrgang war in erster Linie für die einfachen Soldaten, die an vorderster Front in den Einsatz gehen sollten. Das war für keinen der Stube 205 so vorgesehen. Aber man konnte sich ja das herausnehmen, was man brauchte.

So ging auch der Nachmittag schnell vorbei und gegen 17.00 Uhr saß der Zug schon wieder im Bus und wurde zur Unterkunft gebracht. Die nächste halbe Stunde verbrachten die Soldaten des Zuges damit, ihre Ausrüstung einschließlich der Stiefel zu reinigen und für den nächsten Tag vorzubereiten. Das Abendbrot stand um 17.45 Uhr auf dem Programm und am heutigen Abend gab es statt der Runde Bier in der Kantine noch einen Unterricht in Rechtsgrundlagen für den Einsatz. Regelungen im Grundgesetz für den Einsatz, Status der Bundeswehr im Krisengebiet und die Einsatzregeln, die gelten.

Alles wurde erleutert vom Bataillonskommandeur von Hühne, der kein Jurist war, sich dieser schwierigen Aufgabe aber anständig entledigte. Keiner hatte Fragen, auch Stube 205 dachte nicht daran, den armen Oberstleutnant in Schwierigkeiten zu bringen.

Nur als von Hühne darauf hinwies, die Flachländer aus Brandenburg würden nun in einem Gebirgsland eingesetzt und sich auf Bergtouren einstellen müssen, kam Gelächter auf. Denn Hühne sagte, sein Trick durchzuhalten, war der gedankliche Ausspruch: Je steiler der Aufstieg, desto schöner der Ausblick, und das ständig wiederholt. Das wollten sich die drei von 205 gut merken, obwohl sie heimlich hofften, nicht oft als Bergsteiger gebraucht zu werden.

* * * *

Am folgenden Dienstag zeigte sich das Wetter wieder von seiner schönsten Seite. Blauer Himmel, eine wärmende Sonne und die einsetzende Herbstfärbung der Bäume luden eher zu einem Spaziergang ein als zu weiterer Beschäftigung mit dem Einsatz in Bosnien. Doch das Verfahren blieb unverändert, nur die Busnummer und der Ausbilder waren andere. „Wir demonstrieren Ihnen heute Morgen Gefechtseindrücke. Alles klar?"

Keiner wusste, was damit gemeint war. Doch als die Gruppe an einem sonnigen Hang aufgefordert wurde, sich dort hinzulegen, weil man über sie hinweg schießen würde, war klar, was gemeint war. Mielke hatte natürlich schon mit Gewehr, MP, MG und Pistole geschossen, aber war noch nie feindlichem Feuer ausgesetzt gewesen. Es war sehr beeindruckend zu hören, wie eine Kugel über einen hinwegflitzt. Man konnte sogar den Überschallknall erahnen oder gar hören. Entscheidend war, dass man so auch feststellen konnte, von wo geschossen wurde. Wieder eine Information, die im Einsatzgebiet Leben retten kann. An Munition wurde auch nicht gespart, bis zum Kaliber 20 mm wurde über die Gruppe hinweg geschossen. Aber der Höhepunkt war, als 50 Meter neben ihnen 10 kg TNT zur Explosion gebracht wurden. Die Erde bebte, der Knall betäubte trotz zugehaltener Ohren. Die Ausbilder wiesen anschließend darauf hin, es habe sich nur um 10 kg gehandelt. Im richtigen Gefecht würden noch viel mehr Erschütterungen und Lärm auf die Soldaten niederprasseln.

Nach Ende dieser Demonstration erhoben sich alle erleichtert und schüttelten sich, auch um das Gleichgewicht wieder zu erlangen. Ganz in der Nähe waren Puppen ausgelegt, an denen man das Anlegen von Infusionen und Druckverbänden üben konnte, etwas was nach Abschluss jeder Kampfhandlung von allen unverletzten Kameraden durchgeführt werden muss.

Auch hier verging die Zeit rasend schnell und zur Mittagsbrühe hatten Mielke und seine Mitkämpfer eigentlich kaum Appetit. Aber wer weiß, wann man wieder etwas zu essen bekommt.

So nahmen sie sich Brühe und Brot, wobei Karsten Mielke Grund für Hohngelächter war, da er nachwürzen wollte. Doch der

Spender der Maggi-Flasche war nur aufgelegt, so dass er praktisch den ganzen Flascheninhalt in seine Brühe goss. Ein alter Trick, den Mielke natürlich aus der Marineschule kannte, aber vergessen hatte. Eine zugereichte Maggi-Flasche wird grundsätzlich auf Verschluss geprüft, ehe man sie benutzte.

„Auch Pioniere sind manchmal gemein, besonders wenn sie der Marine eins auswischen können", dachte Mielke, wollte aber keine weiteren Schlüsse daraus ziehen. Ihm blieb nichts anderes übrig, als die Brühe hinterm Zelt auszukippen, sich Nachschlag zu holen und das Essen in nur 15 Minuten hinunterzuwürgen. Die Nachmittagsstation war ebenfalls eindrucksvoll. Zunächst übten sie, mit Balken und Steinen Häuser zu sichern, die sonst eingestürzt wären. Doch dann wurden sie zu einem Haus geführt, das gebrannt hatte. Rauch quoll aus dem Dachgeschoss. Mit einer Leiter stiegen die drei von 205 als erste durch die Luke auf den Dachboden. Man konnte kaum etwas erkennen, hörte aber deutlich das Stöhnen von Verletzten.

Der Doktor wurde vorgeschickt, dann der Pfarrer und zuletzt Mielke, der in der Dachluke blieb und die Verbindung zu den weiteren Rettungskräften halten sollte. Die Zahl der Verletzten wurde durchgegeben und Sanitäter mit Tragen angefordert. Doch plötzlich tauchte von der Innenseite des Dachstuhls strahlend helles Licht auf. Ein Kamerateam des Fernsehens war über einen anderen Eingang ins Dachgeschoss gelangt und ein Reporter begann, dem Doktor Fragen zu stellen. „Herr Doktor, Sie sind nur Zahnarzt und verstehen nur wenig von allgemeiner Medizin. Können Sie hier überhaupt fachmännisch helfen?"

Tobias war völlig überfordert. Er stotterte herum und sprach von grundlegenden Kenntnissen in der Medizin, die auch Zahnärzte nachweisen müssten und schließlich ging es hier nur um Sofortmaßnahmen am Unfallort und das könne natürlich auch ein Zahnarzt … Doch überraschenderweise griff nun Viktor, der Pfarrer ein.

„Gut, dass Sie da sind", sagte er laut und deutlich. „Leuchten Sie mal in diese Ecke, damit wir erkennen können, ob da noch Verletzte liegen."

„Nein, nein", sagte der Reporter mit seinem Mikrofon, „wir sind hier, um Aufnahmen zu machen, damit die Bevölkerung in Deutschland sehen kann, was hier passiert."

„Das sehen Sie doch. Hier muss jeder mithelfen. Legen Sie Ihr Mikrofon weg und kommen Sie her. Helfen Sie dem Doktor beim Anlegen von Verbänden oder mir dabei, die Verletzten zu bergen. Ihr Licht dort nach links in die Ecke. Oder soll ich Sie wegen unterlassener Hilfeleistung anzeigen?"

„Bloß weg hier", murmelte der Reporter zu seinem Kameramann, „sonst kriegen wir hier noch Schwierigkeiten". Weg waren sie.

„Viktor, das war richtig Klasse", sagte Mielke.

Der Ausbilder brach die Übung ab und lobte bei der Besprechung Viktor über den grünen Klee. Viktor glühte vor Freude und genoss es, im Mittelpunkt zu stehen.

Auch der Doktor war froh, seine allgemeinen medizinischen Kenntnisse nicht testen lassen zu müssen. Er versprach aber hoch und heilig, sich vor Einsatzbeginn noch mit der Versorgung von Verletzten zu beschäftigen. Man konnte einem Verwundeten nicht klarzumachen, dass er als Zahnarzt keine angemessene Hilfe leisten konnte. Hauptfeldwebel Heinemann war sehr angetan davon, wie sich sein Zug präsentiert hatte. Er sagte zwar nichts, aber die Genugtuung war ihm deutlich anzumerken.

* * * *

Nach dem Abendbrot bestand Viktor darauf, seine Freunde zum Bier einzuladen.

„Nichts da", sagte Mielke. „Tobias und ich haben beschlossen dich einzuladen. Schließlich warst du der Star am heutigen Nachmittag. Und guck mal, wie die Jungs von unserem Zug dich anhimmeln. Ich bin sicher, auch Heidemann freut sich jetzt, die drei weißen Raben in seinen Zug bekommen zu haben."

Tobias war schon aufgestanden und an den Kantinentresen getreten. Er verhandelte einige Zeit mit dem Personal und kam dann mit drei Gläsern und zwei Bocksbeuteln zurück an den Tisch. Was, hier gibt´s doch Frankenwein?", fragte Viktor.

„Aber sicher", meinte Tobias, „ man muss die richtige Frage stellen." Genussvoll schlürften sie den Wein, sprachen über den Tag und das bisher Erlebte und waren rundherum mit sich zufrieden.

Auch der Rückweg fiel leichter, sogar ohne Kompass und Marschzahl. Doch als Karsten eine Flasche an Tobias bezahlen wollte, lehnte der rundweg ab. „Soweit soll es noch kommen", sagte er. „Ich bin so froh, dass wir hier eine gute Dreierbande gebildet haben. Da werde ich doch wohl die eine oder andere Flasche Wein ausgeben können."

Mielke sah das zwar anders, aber er konnte den Doktor nicht umstimmen.

Fünftes Kapitel

Mittwoch Morgen, die Trillerpfeife war pünktlich, das Aufstehen fiel immer noch schwer, aber ein neuer herrlicher Herbsttag war zu erwarten. Kaum Wolken am Himmel und im Osten waren schon die ersten Sonnenstrahlen zu erahnen.

Stube 205 machte sich fertig, zunächst zum Frühstück. Da jeder der Bewohner nur über ein Paar Stiefel verfügte, gingen sie in Halbschuhen trotz Kampfanzug. Diese Erleichterung wurde ihnen gewährt und galt für alle Gänge außerhalb der Ausbildung.

Während Mielke und auch Langer über dienstliche Halbschuhe verfügten, ging Viktor Scheffel in seinen hellbraunen Wildlederschuhen, die er anhatte, als er zum Lehrgang nach Hammelburg antrat. Das sah zwar etwas merkwürdig aus, die Schuhe würden diese Woche auch kaum überstehen, aber es war angenehmer, als ständig in Stiefeln herumzulaufen.

Doch als der Zug zum Parkplatz der Busse marschierte, sahen auch die drei so normal aus, wie es ihnen nur möglich war. Lediglich Alter, Haarfarbe und Figur machten deutlich, dass hier keine Pioniere aus Brandenburg auf dem Wege zum Abmarschplatz waren. Diesmal ging es auch nicht in einen Bus, sondern ganz in der Ecke des Parkplatzes standen vier Transportfahrzeuge vom Typ Unimog, mit Plane und Sitzbänken. Zwei Züge begaben sich dorthin und stiegen auf die Fahrzeuge, nachdem der Befehl „Aufsitzen" erteilt worden war.

Während die Jugend schnell und unproblematisch aufsaß, hatten Viktor und auch Karsten erhebliche Schwierigkeiten, das eine Bein auf den Tritt zu bekommen und noch soviel Schwung zu haben, dass man sich hochstemmen konnte. Viktor wurde letztlich von Mielke hochgestemmt, der dann selbst vom Zugführer nach oben bugsiert wurde. Mielke war das schon peinlich, aber ein Unimog ist kein Transportmittel für Offiziere über 40, wenn sie von der Marine kommen. Der Konvoi fuhr ab und Hauptfeldwebel Heidemann erklärte, was genau das Thema des Vormittags wäre: Operationen im Konvoi.

Befehlsgebung, Verhalten unter Beschuss, Tunneloperationen, also Konvoi unter Sicherung durch Hubschrauber. Weiterhin auch das Anlegen von Gleitschutzketten, Transport von Verletzten und das Verhalten bei ungesicherten Minensperren. Für das Heer sind das Selbstverständlichkeiten, da man immer in Konvoi unterwegs ist. Da im Einsatzgebiet Bosnien noch reale Bedrohungen hinzu kommen, stand die Bedeutung der Unterweisung nie in Zweifel.

Nach der Brühe allerdings ging Ausbildungszug 16 zu Fuß zum nächsten Ausbildungsabschnitt. An einem Waldweg nahmen sie Aufstellung und sollten in der vor ihnen liegenden Wiese Minen entdecken.

Zunächst wurden ihnen die verschiedenen Minentypen vorgestellt, von der Tellermine bis zu den Minen gegen Personen, APM genannt. Meistens sind sie so konzipiert, dass sie bei Auslösung nach oben fliegen, um möglichst viel Schaden anzurichten. Besonders schlimm empfand Mielke die Schmetterlingsminen, die so unschuldig wie Kinderspielzeug aussehen und so schwere Verletzungen hervorrufen. Respekt und Vorsicht vor diesen Fieslingen stieg enorm. Mielke wollte auf keinen Fall seiner Inge davon erzählen. Sie würde nur Albträume davon bekommen.

Anschließend kam der Praxistest. Panzerminen sind relativ einfach zu erkennen, da sie groß sind und nicht so leicht in der Landschaft versteckt werden können. Aber die Kleinen sind kaum sichtbar. Die Wiese musste mit viel Geduld Streifen für Streifen abgesucht werden, um Veränderungen zu erkennen, die auf Minen hindeuten können. Sicher könnten auch Tiere als Bewohner des Waldes diese Veränderungen bewirkt haben können. Da ist man lieber vorsichtiger als nachlässiger.

Natürlich zeigten sich hier die Pioniere in ihrem Element. Besonders die Feldwebel als Erfahrungsträger erkannten Minen, wo der Korvettenkapitän absolut nichts erkannte, absolut nichts.
Mielke beschloss spontan, in Bosnien möglichst einen Pionier neben sich zu haben, wenn er in ein Gebiet kommen sollte, wo Minen zu erwarten oder zu befürchten sind.

Anschließend wurden die Maßnahmen vorgeführt, die man ergreifen musste, wenn man doch in ein vermintes Gebiet geraten war. Das schloss auch das Bergen von Verwundeten ein. Dabei half auch die Trittspurensuche, denn wo schon einer hingetreten war, konnte keine Mine sein.

Betroffen und schweigsam marschierte der Zug zurück zum Mittagsplatz, wo natürlich ein Bus auf sie wartete, um sie zur Unterkunft zurück zu bringen.

„Eine großartige Organisation", dachte Mielke. „Wenn ich daran denke, wie oft wir bei der Marine improvisieren, kann man nur den Hut ziehen vor dem Heer. Aber wahrscheinlich ist das alles schon so oft gemacht worden, dass solche einfachen Fehler in der Organisation, wie das Fehlen eines Busses zur rechten Zeit, einfach nicht mehr vorkommen."

Heute war wieder keine Möglichkeit zum geselligen Bier oder Wein nach dem Abendbrot, denn der Oberstabsarzt des Bataillons unterrichtete über Gesundheitsvorsorge. Außerdem hatten alle, bei denen Impfmängel festgestellt worden waren, die Gelegenheit zur Nachbesserung. Pocken, Diphtherie, Hepatitis A und B, Typhus, Meningitis und natürlich Wundstarrkrampf waren für alle obligatorisch.

„Ein ganz schöner Cocktail", dachte Mielke. „Als wenn wir in ein Land weit außerhalb Europas gehen, wo alle Krankheiten vorkommen, die eigentlich ausgerottet sind".

Der Oberstabsarzt bestätigte, dass im Einsatzgebiet seit Ausbruch des Krieges keine Möglichkeit mehr bestand, die Ausbreitung dieser Krankheiten durch Impfung zu verhindern. Mielke hatte besonders mit Tetanus keine Probleme. Da er sich gerne im Haushalt verletzte, wenn er ungestüm etwas reparieren wollte, hatte Inge schon für den Grundschutz gesorgt.

* * * *

Das schöne Herbstwetter hielt an und der heutige Donnerstag war gut geeignet, außerhalb der Kasernengebäude Informationen und Übungen zum Einsatz in Bosnien zu bekommen. Mielke war nach wie vor begeistert von dem Elan, der Professionalität und den Fähigkeiten, die die zumeist jungen Ausbilder zeigten. Darunter befanden sich auch hervorragende Schauspieler, denn auch die Einheimischen wurden von Soldaten des ausbildenden Bataillons aus Schneeberg dargestellt, natürlich in Zivil. Man hatte manchmal wirklich den Eindruck, bereits in Bosnien im Einsatz zu sein. Zumindest bei Stresssituationen vermischten sich Ausbildung und Einsatz zunehmend.

Doch dieser Tag bot Aufgaben, die Mielke regelmäßig auch bei der Marine üben konnte, nämlich das Schießen mit Handfeuerwaffen. Zunächst wurde mit der Waffe geübt, mit der die Soldaten in den Einsatz gehen würden: das Gewehr für die Pioniere, Maschinenpistole für die Feldwebel und Pistole für die Offiziere.

So trennte man sich auf dem Schießplatz. Die drei von Stube 205 zogen mit einem Feldwebel zum Pistolenschießplatz. Auf 10 m sollte geschossen werden, auf Pappschilder mit menschlicher Silhouette. Da bekam Viktor sofort Gewissensbisse. Schießen auf Menschen konnte er sich überhaupt nicht vorstellen. Auch der Hinweis, dass er vielleicht einmal gezwungen sein könnte, Verwundete mit Waffengewalt zu schützen, konnte ihn kaum überzeugen. Außerdem hatte er Angst davor, sich selbst oder andere zu verletzen, da er noch nie in seinem Leben so etwas in der Hand gehabt hatte. Er schwitzte, was seine Fähigkeit, die Waffe zu halten und gleichzeitig den Anweisungen seines Schießleiters zu folgen, erheblich herabsetzte.

Es gelang ihm kaum, über Kimme und Korn das Ziel ins Visier zu nehmen und der Abzugshebel war deutlich zu stramm für ihn.

Der Schießleiter bemühte sich rührend um den Pfarrer, zeigte ihm immer wieder, wie das Magazin angeschlagen wird, wie durchgeladen werden muss, um dann über Kimme und Korn zu schießen. Letztlich einigten sie sich, Viktor nur beizubringen, wie er in die Richtung der Bedrohung schießen konnte, in der Hoffnung, dass der Pistolenknall den Feind zur Aufgabe oder Flucht veranlassen würde. Damit konnte Viktor leben und der Ausbilder auch.Die beiden Offiziere, Karsten und Tobias, erfüllten ohne Schwierigkeiten die Norm und wandten sich anschließend den in der Nähe übenden MP-Schützen zu.

„So eine Maschinenwaffe ist ja schon etwas anderes", meinte Tobias. „Damit würde ich gerne einmal schießen."

„Frag doch den Schießleiter, vielleicht haben sie ja Munition im Überfluss."

„Könntest du mich denn einweisen, Karsten?"

„Gewiss doch, ich war oft genug Schießleiter, wenn im Stab geschossen wurde." Der Ausbilder war einverstanden und sogar froh, dass er sich nicht um diesen schießwütigen Zahnarzt kümmern musste. Er wies ihnen eine Schießbahn am Rande zu und verpflichtete Karsten lediglich, die bereit gestellte Munition gänzlich zu verschießen, damit im Protokoll keine Überbestände zu vermelden wären. Das versprach Mielke gerne.

Zunächst zeigte Mielke, wie die MP geladen, wie gezielt und abgefeuert wurde, sowohl Einzelschuss als auch Dauerfeuer. Tobias Langer lauschte aufmerksam und versprach auch, den Lauf der Waffe grundsätzlich in Richtung der Scheiben zu richten. Doch als er nun zunächst einen Schuss abgeben sollte, klappte es nicht.

„Sieh mal, Karsten", sagte er und wandte sich mit der Waffe Karsten zu. „Es geht nicht, kein Schuss kommt." Dabei zog er zur Demonstration am Abzughebel. Mielke stockte der Atem, doch er versuchte, ruhig zu bleiben.

„Tobias, dreh dich zur Scheibe und sag mir, was du gemacht hast."

Der Zahnarzt tat, wie ihm gesagt wurde und beschrieb, wie er die Waffe durchgeladen, gezielt und abgedrückt hatte. Fast drehte er sich erneut zu Mielke, aber der stand schon neben ihm und hielt ihn an der Schulter fest.

„Hast du die Handballensicherung gedrückt?"

„Handballensicherung? Natürlich, hatte ich vergessen." Und schon löste sich der ersehnte Schuss, Sand spritzte auf, die Scheibe schien unbeschädigt und Mielke atmete tief durch.

„Die Handballensicherung hat mir das Leben gerettet. Weißt du das, Tobias?"

„Wieso denn das?"

„Als du mir demonstriertest, dass die MP nicht funktioniert. Hättest du die Sicherung gedrückt, könntest du jetzt Erste Hilfe an mir leisten."

„Oh Gott, das tut mir aber leid. Heute Abend gebe ich einen aus auf die Lebensrettung."

„Eigentlich müsste ich einen ausgeben, denn mein Leben wurde gerettet", meinte Mielke und sie beschlossen, das heute Abend nach dem Essen zu klären.

* * * *

Als am Freitag Morgen pünktlich um 05.30 Uhr der Zug geweckt wurde, stellten die Bewohner von Stube 205 überrascht fest, wie schnell war die Zeit verflogen war. Dieses war schon der letzte Tag des Abenteuers Hammelburg. Konnte man sich vorstellen, den Tag nicht mehr in Kampfanzug und Stiefeln zu verbringen, nicht mehr in einem Speisesaal/Kantine die Mahlzeiten einzunehmen und die wenige Freizeit zu verbringen?

Alle bestätigten, wie sie Angst oder zumindest Sorge vor dieser Woche beim Heer hatten und wie schnell die Zeit vergangen war. Kojenbau und Anziehen klappten inzwischen wie am Schnürchen, man marschierte (ohne Tritt) sicher und locker zum Speisesaal, nahm genauso locker das Gepäck auf und marschierte zum Abmarschplatz, zum letzten Male, ohne - wie üblich - zu wissen, was der heutige Tag bringen würde.

Der Bus brachte sie zu einem Feldlager, wie es im Einsatzgebiet gebaut würde. Ein Tor mit entsprechendem Beobachtungsturm und Schranke gehörte dazu. Ein mit Stacheldraht bewehrter Zaun führte um das Lager und leer stehende Gebäude. Das Thema war zunächst die Abwehr von Demonstranten vor dem Tor.

Und da kamen sie auch schon, 40-50 Zivilisten in abgerissener Kleidung, die Parolen brüllten, die keiner verstehen konnte und sich dem Tor näherten, wobei sie Knüppel und Spaten schwangen.
Der Zug nahm vor dem Tor Aufstellung, zunächst als Kette. Alle nebeneinander, Gewehr schräg vor dem Körper, aber Magazin auf der Brust, damit das nicht abgerissen werden konnte. Die Waffe war noch nicht durchgeladen, man wollte die Menge nur vom Tor abhalten.

Die Ausbilder korrigierten, wo es nötig war und ließen dann die Zivilisten wieder verschwinden. Im nächsten Abschnitt wurde die Eskalationsschraube angezogen, Es flogen aus der Menge Steine, ein Angriff auf die Kette schien unmittelbar bevorzustehen.

Der Zug marschierte nun auf die Meute zu und auf Befehl wurden alle Waffen durchgeladen. Dieses mechanische Geräusch, dreißigmal verstärkt, wirkte enorm auf die Meute, der klargemacht wurde, dass die Wache es ernst meinte. Genau so war der Zug als Einheit entschlossen, den möglichen Angriff auf das Feldlager auch mit Waffengewalt abzuwehren. Die Ausbilder zeigten sich zufrieden.

Im letzten Abschnitt allerdings konnte die Kette nicht mehr wirken. Jetzt galt es, die Meute aufzubrechen. Der Zug übte nun den Keil.

Die beiden kräftigsten Soldaten standen in der Mitte und dann die anderen, nach hinten auf beiden Seiten gestaffelt wie ein Keil. Jedem Angehörigen wurde eine bestimmte Position zugewiesen, so dass der Keil in kürzester Zeit eingenommen werden konnte. Der Zugführer, der den Überblick behalten musste und auch entsprechende Befehle zu geben hatte, nahm seine Position hinter dem Keil ein. Dabei wurden die „weißen Raben" natürlich ausgespart, denn sie würden nie im Zug Teil eines Keils bilden. Aber bei der Kette durften sie zumindest mitmachen, denn da störten sie nicht.

Es kam natürlich zu keinen Übergriffen, denn die Meute bestand ja aus Kameraden des Bataillons aus Schneeberg. Wo Brandenburger und Sachsen doch ein wenig bereit waren, ihr Mütchen zu kühlen, griffen die Ausbilder blitzschnell ein und verhinderten jeden Ansatz einer Prügelei.

Ein interessanter Ausbildungsabschnitt, doch Mielke hatte das Gefühl, dass hier Soldaten missbraucht werden, Aufgaben der Polizei wahrzunehmen. Dafür sind Soldaten weder ausgebildet noch ausgerüstet. Die Polizei würde eher zum Gummiknüppel als zum Gewehr greifen, um wilde Horden in Schach zu halten. Aber solange keine Polizei im Lande existierte, mussten wohl die Streitkräfte von SFOR diese Aufgabe mit übernehmen.

„Auf alle Fälle wieder ein wichtiges Thema", dachte Mielke, „und das am letzten Tag der Ausbildung."

Nach der Brühe am Mittag, die sich nicht von allen früheren Heißgetränken unterschied, ging es mit dem Bus in ein Übungsdorf, wo normalerweise Häuserkampf geübt wurde. Der Bus war anders ausgerüstet mit elektronischen Geräte im Bereich des Fahrers. Auf der letzten Bank saßen einige Offiziere, von denen Mielke nur den

Presseoffizier kannte, der schon bei früheren Lagen im Einsatz war. Los ging es, das letzte Thema der Woche war Geiselnahme und alle waren gespannt, was ihnen geboten werden würde. Kurz nach Erreichen des Dorfes kam aus einer Seitenstraße ein Pick-up herausgeschossen und blockierte die Weiterfahrt. Der Fahrer bremste und fluchte laut. Aber bevor er den Rückwärtsgang einlegen konnte, hatte ein weiterer Pick-up auch diesen Weg versperrt.

Der Fahrer öffnete die Tür, um die Blockierer wegzuscheuchen, wurde aber von mehreren Männern, die plötzlich aufgetaucht waren, brutal zu Boden gestoßen. Einer der Angreifer hielt ihm eine Pistole ins Gesicht.
Durch die geöffnete Tür stürzten weitere Zivilisten in den Bus und verteilten sich. Sie waren mit Knüppeln bewaffnet und schienen auch bereit, davon Gebrauch zu machen. Keiner durfte einen Mucks von sich geben und alle Soldaten im Bus waren auch so erschrocken, dass sie sich absolut ruhig verhielten. Dann betrat ein Mann in einer Art Uniformjacke, mit vielen Abzeichen geschmückt, den Bus.

„Ich bin Zoltan, das ist hier mein Dorf, hier darf keiner ohne meine Erlaubnis herumfahren", brüllte er in gebrochenem Deutsch. „Ihr seid alle meine Geiseln. Ich werde eure Generäle zwingen, mir Respekt zu erweisen und wenn es nur der Respekt des Lösegeldes ist!"

Hauptfeldwebel Heidemann sagte nichts. So ergriff Mielke das Wort: „Wir sind hier, um die Bevölkerung zu schützen. Wir zahlen kein Lösegeld. Sie werden noch froh sein, dass wir hier sind, wenn die anderen Ihr Dorf überfallen und Sie um Hilfe rufen!"

„Was, du glaubst, hier kommen Fremde rein? Du glaubst, ich kann mein Dorf mit meinen Männern nicht verteidigen? Das ist eine Beleidigung für alle Serben, das lass ich nicht durchgehen."

Heidemann erhob sich. „Ich bin hier der Zugführer. Hören Sie nicht auf den da hinten. Der versteht nichts von der Kriegführung. Lassen Sie uns verhandeln."

„Verhandeln? Du glaubst, du kannst mit mir verhandeln? Ich verhandle nur mit einem General. Ich glaube, ich schneide dir ein

Ohr ab, damit der General merkt, dass ich's ernst meine."

Hinter Mielke begann einer der jungen Soldaten zu schluchzen. Er nahm die Szene wohl ernst und glaubte, sie seien tatsächlich in Gefahr. Mielke wollte sich zu ihm umdrehen, um ihn zu trösten. Dabei wusste er noch nicht genau, wie er das machen sollte. Weiter mitspielen oder hinweisen, dass sie immer noch in Hammelburg auf einem Lehrgang waren. Er entschloss sich, das Spiel weiter mitzumachen. „Bleib ruhig" sagte er, „es wird schon alles klar gehen. Lass den Zugführer nur machen."

Als Zoltan mitbekam, dass im Bus ohne seine Erlaubnis gesprochen wurde, schrie er wie von Sinnen: „Alle nach vorne bücken! Keiner rührt sich! Wenn ich noch einmal einen sehe, der flüstert, dann erschieß ich ihn. Ich bin Zoltan, ich kenne keine Gnade." Die Männer mit den Knüppeln gingen durch den Bus und schlugen mit ihren Hölzern auf die Lehnen. Das klang bedrohlich und so blieben alle nach vorne gebeugt sitzen. Der Soldat hinter Mielke schluchzte weiter. „Maulhalten, Memme", kam der Ruf.

Mielke konnte nichts sehen und wusste auch nicht, wie es weitergehen würde. Ihm wurde bewusst, wie hilflos man in solcher Situation ist, machtlos einer Horde von Bewaffneten ausgeliefert. So ähnlich mussten sich die Passagiere der „Landshut" gefühlt haben, als sie entführt und von Flugplatz zu Flugplatz bis Mogadischu gebracht wurden, bis endlich die GSG 9 zu ihrer Rettung kam. Aber hier war keine GSG in der Nähe, hier wurde auch nur gespielt, allerdings sehr realistisch.

Der Fahrer des Busses wurde losgeschickt, um den Verantwortlichen auf deutscher Seite mitzuteilen, Soldaten seien als Geiseln genommen worden und Zoltan, der Anführer des Anschlags, verhandeln wollte. Nach kurzer Zeit kam er wieder und teilte mit, er habe keinen gefunden, der bereit war, in Verhandlungen einzutreten.

„Was", schrie Zoltan, „dann fließt eben Blut. Nehmt den Fahrer und verpasst ihm eine Kugel. Wir werden mal sehen, wer hier den längeren Atem hat." Alle hörten, wie der Fahrer, der sich heftig wehrte, aus dem Bus gezogen und fortgeschleift wurde. Nach kurzer

Zeit hörte man einen Pistolenschuss. Der junge Soldat hinter Mielke schrie auf.

„Vielen Dank, meine Herren", ertönte eine Stimme aus dem hinteren Bereich des Busses.

„Sie können sich wieder aufsetzen, die Demonstration der Geiselnahme ist abgeschlossen. Natürlich ist dem Fahrer nichts passiert, er fährt uns jetzt zur Auswertung."

Erst im Unterrichtsraum erfuhren sie von der Kamera, die im Rückspiegel des Busses versteckt war und Aufzeichnungen gemacht hatte. Ein Psychologe, ein Pfarrer und ein Presseoffizier analysierten in den nächsten Stunden den Vorfall, besonders das Verhalten der Vorgesetzten und erklärten auch, welche Fragen die Presse an sie richten würde.

Mielke und seine Freunde aus Stube 205 waren überrascht, wie schnell die Übung bei ihnen persönlich zur Realität geworden war. „Hoffentlich kommen wir nie in eine solche Situation", sagten alle drei, als sie sich nachdenklich zu ihrer Unterkunft begaben.

Auch das Abendbrot verlief relativ schweigsam, zumindest im Ausbildungszug des Hauptfeldwebels Heidemann. Plötzlich tauchte Oberstleutnant von Hühne am Tisch auf und bat Mielke zu dem bereits angekündigten Abschlussgespräch, das im Stabsgebäude stattfinden sollte. Mielke war bereit, in 30 Minuten zur Verfügung zu stehen. Er wollte noch kurz mit seinen Kameraden beraten, was anzusprechen wäre. Doch sowohl der Zahnarzt als auch Viktor, der Pfarrer, waren voll des Lobes und beeindruckt von Art und Umfang der Ausbildung in dieser einen Woche.

Auch Mielke konnte keine Kritikpunkte finden. Nur die Tatsache des guten Eindrucks des Heeres machte ihm ein wenig zu schaffen. Er hatte seine Vorurteile schon gepflegt und musste erkennen, sie beruhten – wie üblich – nur auf mangelnder Information. Auch er war begeistert, wie gut strukturiert und engagiert in dieser Woche ausgebildet wurde. Das Heer nimmt den Auftrag, seine Soldaten auf alle Gefahren vorzubereiten, die ihnen im Einsatzgebiet drohen können, sehr ernst. Bei der Marine hatte er das bisher nicht erlebt, aber das System Schiff funktioniert in allen Seegebieten, Bedrohungen kommen mit Vorwarnzeit und einen Hinterhalt muss man auch nicht befürchten. Dafür gibt es andere Schweinereien im Seekrieg wie Minen, die erst nach mehreren Überläufen zünden. Aber das war hier nicht das Thema.

So traf er sich mit dem Oberstleutnant und brachte seine Bewunderung entsprechend zum Ausdruck. Von Hühne blickte erst etwas zweifelnd, ob ihn der Korvettenkapitän vielleicht verschaukeln wollte, konnte aber nichts entdecken, was darauf hinwies. So genoss er die Äußerungen von Mielke, wünschte ihm Glück in Bosnien und drückte die Hoffnung aus, Mielke sei mit der Zusatzausrüstung, die er im Laufe der Woche empfangen hatte, ausreichend ausgestattet, um diesen ungewöhnlichen Einsatz für einen Seeoffizier gut und erfolgreich bewältigen zu können.

Der Abschied von seinen neuen Kameraden war auch herzlich. Alle hofften, zur gleichen Zeit in Bosnien sein zu können, um sich regelmäßig sehen und austauschen zu können. Das eine oder andere Getränk half, diese Absicht zu verstärken, denn am Abend dieses Freitags war kein weiterer Dienst angesagt.

Am Sonnabend würden die Pioniere nach Brandenburg aufbrechen und Mielke zu seiner Inge nach Kiel. Dabei fiel ihm ein, dass er bisher keine Möglichkeit gehabt hatte, Inge zu verständigen, dass es ihm gut gehe und er sich nun auf den Weg machen würde. Na gut, Abwesenheiten ohne Nachricht sind Marinefrauen gewohnt. Er würde auf der Fahrt von einer Raststätte aus anrufen.

Sechstes Kapitel

Mielkes Volvo strebte geduldig dem Norden Deutschlands entgegen. Auch die Tatsache einer erheblich höheren Beladung seines Autos im Vergleich zur Hinfahrt schien Wagen und Fahrer nichts auszumachen. Aber Mielke hatte zum einen eine weitere Blechkiste zu verstauen, in der sich einsatzwichtige Ausrüstung wie Splitterschutzweste und Helm aus Kevlar sowie weiteres typisches Heeresgerät befanden. Außerdem waren noch einige Weinkisten mit Frankenwein unterzubringen, die er noch am letzten Abend in der Kantine erworben hatte. Doch wer mit einer kleinen Backskiste und einem Drittel eines Schranks für Mäntel auf einer mehrmonatigen Seefahrt klar kommt, kann stauen und auch ein Auto bietet viel Platz für den geübten Stauer und Verpacker.

Inge war erfreut, von ihrem Karsten zu hören, schien nicht besorgt und wünschte eine gute und sichere Weiterfahrt nach Kiel. Das versprach ihr Mann und ließ die Landschaft an sich vorbeiziehen, ohne Druck und ohne sich am Rennen der hoch frisierten Autos des oberen Segments zu beteiligen. Es überraschte ihn, bei der Einfahrt nach Kiel nichts am Stadtbild verändert vorzufinden, wo er ja viele neue Eindrücke zu verarbeiten hatte. Aber das hatte Zeit. Zunächst wollte er ein schönes Wochenende mit Inge verbringen, es genießen, Platz und die eigenen Sachen um sich herum zu haben und nicht mehr morgens um 05.30 Uhr von einer Trillerpfeife geweckt zu werden. So war es dann auch, der mitgebrachte Wein schmeckte vorzüglich zu den Leckereien, die Inge aufgetischt hatte. Karsten erzählte von Hammelburg, dem Leben beim Heer, wie er das jetzt kennen gelernt hatte und freute sich, bei der Marine zu sein, wo man sich nicht eingraben muss. Stattdessen wird das Mittagessen serviert. Die Lebensqualität an Bord eines Schiffes schien ihm deutlich höher als in einer Heereseinheit. Dabei konnte er nicht umhin, der Art, wie das Heer seine Soldaten auf einen solchen Einsatz vorbereitete, seinen Respekt zu bekunden.

* * * *

Zur großen Überraschung seiner Kameraden von der Marine sah Mielke, als er wieder zum Dienst erschien, erholt und gar nicht verwirrt aus. Man hatte schon erwartet, Spuren von einer Woche Heer total im Ausdruck oder in fahrigen Bewegungen zu erkennen. Aber nichts, nicht einmal lange Kasinoabende hatten Spuren hinterlassen. So recht wollte keiner glauben, er habe solche Abende nicht erlebt, aber da dachten die Mariner eher daran, wie in den Messen der Marine Lehrgangsabende stattfinden: Fröhliche Gemeinschaft mit genügend Alkohol und gutem Essen. Doch Mielke wusste nur von der Verwandlung eines Speisesaals zu berichten und dem Bemühen, rechtzeitig in die Koje zu kommen, denn das Wecken war unerbittlich und täglich um 05.30 Uhr.

Der Chef des Stabes war natürlich hoch erfreut, einen Unterstützer für das Heer bei der Marine gewonnen zu haben, obwohl Mielke ihm zu verdeutlichen suchte, dass Hammelburg wohl kein Normalfall sei. Das wollte der C nicht hören, lieber noch Einzelheiten der Ausbildungsabschnitte genießen, denen er selbst vor langer Zeit auch ausgesetzt war, als die Infanterieschule noch für die große Schlacht mit dem Warschauer Pakt in Deutschland ausbildete.

Das Dezernat Umweltschutz war schnell zurückerobert und Routine bestimmte den Alltag. Mitte November wurde Mielke informiert, dass er am Montag, dem 6. Januar, mit der Luftwaffe von Hohn über Köln-Wahn nach Sarajevo fliegen würde. „Hoffentlich haben wir dann kein Schnee und Eis", dachte Mielke, der sich inzwischen richtig auf den Einsatz freute, ohne diese Tatsache je gegenüber Inge einzugestehen.

Jedenfalls hatte er genügend Zeit, seine wenigen Aufgaben im Stab zu verteilen, auch sein Gepäck zu sichten und zu packen. Er wollte auch dafür sorgen, dass Freitag, der 20. Dezember sein letzter Tag im Dienst vor Sarajevo sein würde. Zu diesem Termin fand auch die Abschlussbesprechung des Stabes Regionalkommando Nord durch den Admiral statt. Es wunderte es ihn ein wenig, wie alle Vorgesetzten mit seinen Vorschlägen absolut einverstanden waren. Er hatte das Gefühl, mit besonderer Vorsicht angefasst werden zu müssen, da er schließlich in einen Einsatz gehen sollte.

Alle waren höflich, fast freundschaftlich und bestrebt, seine Wünsche zu erfüllen. Doch er hatte nicht damit gerechnet, bei der Abschlussbesprechung hervorgeholt und mit Wirkung vom 1. Januar 1997 zum Fregattenkapitän befördert zu werden. Die Marine befördert normalerweise zum April und Oktober, daher kam diese freudige Überraschung gänzlich unerwartet.

Als Mielke sich nachmittags beim Chef des Stabes in den Weihnachtsurlaub und anschließend nach Sarajevo abmeldete, freute sich dieser immer noch, wie gelungen die Überraschung war.

„Ja, Herr Mielke, da haben alle mal richtig dicht gehalten. Aber es war schon wichtig, Sie als Fregattenkapitän nach Bosnien zu schicken. Wissen Sie, in einem NATO-Stab hat nur der etwas zu sagen, der auch den entsprechenden Dienstgrad hat. Und ein Fregattenkapitän, im NATO- Jargon ein OF-4, hat einen Bonus, den kein noch so guter OF-3 je erwerben kann. Bei uns ist ja ein Oberstleutnant ein beförderter Major, denn der hat ja schon alle Laufbahnprüfungen erfolgreich abgeschlossen, aber nicht so in der restlichen NATO-Welt. Das hat dann auch die Marine eingesehen und eine Beförderung veranlasst, mindestens drei Monate früher als ursprünglich geplant. Freuen Sie sich, grüßen Sie Ihre reizende Frau und genießen Sie Weihnachten."

Das konnte Mielke gerne versprechen und beschwingt ging er nach Hause, wo Inge sich auch freute, allerdings ein wenig das Gefühl hatte, ihr Mann sei durch diese Beförderung bestochen worden, sechs Monate Dienst in Bosnien zu leisten.

* * * *

Familie Mielke hatte sich geeinigt, dass es besser wäre, nicht im Abfertigungsgebäude des Transportgeschwaders in Hohn Abschied zu nehmen. Das zelebrierten sie gebührend zu Hause.

Der Hauptfeldwebel fuhr daher seinen Dezernatsleiter zum Abflug. Zum ersten Mal saßen beide im gleichen Fleckentarnanzug im Wagen. Auf der kurzen Strecke von Kiel nach Hohn bei Rendsburg ging es in der Unterhaltung wieder darum, ob Kapitän Mielke wirklich alles und von allem genug mitgenommen hatte.

Das mitgeführte Gepäck war zumindest eindrucksvoll: Ein Seesack, eine Transportkiste, schon halb gefüllt mit der Splitterschutzweste und dem Helm aus Kevlar, sowie eine weitere Reisetasche mit den persönlichen Dingen, die man mitführt, wenn man für etwa sechs Monate in den Einsatz geht. Mielke hatte sich auch Zivilsachen eingepackt, ohne zu wissen, ob er je Gelegenheit bekommen würde, sie zu tragen. Das lag auch daran, dass er keinen Vorgänger hatte, dessen Erfahrungen zu nutzen gewesen wären.

Der Hauptfeldwebel half natürlich, das Gepäck zur Abfertigung zu bringen. Sogar Gepäckwagen standen zur Verfügung, um die Lasten zum Gepäckband zu befördern. Gemäß Aufkleber wurde alles von Hohn über Köln-Wahn nach Sarajevo eingecheckt. „Soweit so gut", dachte Mielke, nachdem sein Hauptfeldwebel wieder abgefahren war und er noch eine Stunde Wartezeit zu überbrücken hatte. Mit einer aktuellen Zeitung setzte er sich in eine Ecke, denn mehr als warten konnte er nicht.

Zur angekündigten Zeit wurden die Passagiere, von denen Mielke keinen kannte, in die Maschine gebracht und nahmen auf den ungemütlichen Sitzen aus Netzen Platz. Die Maschine war zu mehr als der Hälfte mit Kisten und Ballen gefüllt. In einem weiteren Gepäcknetz erkannte Mielke seine gesammelte Habe und war entsprechend erleichtert. Zumindest bis Köln wurden seine Sachen unter eigener Aufsicht geflogen. Aber wie es öfters passierte, war man bei den Transportfliegern in Gottes Hand. Manchmal kehrte man um, manchmal landete man weit weg von dem erhofften Zielort. Wetter, Bedingungen am Zielflughafen, technischer Zustand der „alten Dame" Transall, alles spielte eine Rolle. Doch an diesem

Tage lief alles normal ab und schon zwei Stunden nach dem Start war Köln-Wahn erreicht. Während die meisten Passagiere in Bussen abgeholt wurden, blieb Mielke im Transitbereich und konnte auf einer Anzeigentafel lesen, dass sein Flug in etwa 90 Minuten nach Sarajevo starten sollte.

Mielke blickte neugierig, als weitere Passagiere für den Flug nach Sarajevo eintrafen, aber er sah kein vertrautes Gesicht. Von Viktor, dem Pfarrer und Tobias, dem Zahnarzt, hatte er auch nichts mehr gehört, seit sie sich in Hammelburg verabschiedet hatten.

Als der Aufruf für die Maschine nach Sarajevo ertönte, hatten sich etwa 40 Soldaten und Zivilisten versammelt, natürlich in der Mehrzahl Angehörige des Heeres aber auch einige von der Luftwaffe. Mielke war der einzige Mariner, aber das schien nicht aufzufallen. Die Sitze waren wieder ungemütlich, doch man hatte immerhin genügend Platz, ein wenig herumzugehen. Als der Lademeister prüfte, ob alle richtig angeschnallt waren, bat Mielke um Nachricht, ob er beim Überfliegen der Alpen ins Cockpit durfte. Der Lademeister versprach, den Kommandanten zu fragen, besonders da er erkannt hatte, hier einen Marineoffizier vor sich zu haben. Auf den Schulterklappen von Mielke waren 3 ½ Streifen deutlich zu erkennen. Zwar in schwarz, denn in Gold auf dem Arbeitsanzug mit Tarnaufdruck hätten sie doch merkwürdig ausgesehen.

Nach etwa einer Stunde wurde Mielke tatsächlich in das Cockpit geführt, wo er auf einer Bank hinter den Piloten Platz fand. Der Kommandant der Maschine, ein Major, begrüßte ihn freundlich und fragte natürlich, was denn ein Marineoffizier in Bosnien zu tun hatte.

Mielke erklärte seinen Auftrag, für Umweltschutz im Einsatzgebiet zu sorgen und der Major stimmte zu. Für eine solche Aufgabe sei auch ein Mariner geeignet. Im Übrigen würden sie zunächst in Split landen, da der Flughafen Sarajevo zur Zeit wegen ungünstiger Winde nicht angeflogen werden konnte.

Schon bald waren die Alpen erreicht und Mielke hatte das volle Panorama vor sich. Direkt über dem Gebirge waren allerdings nur weiße Felder zu erkennen, weniger als Mielke erhofft hatte. Aber er durfte im Cockpit sitzen bleiben und freute sich, das Mittelmeer und später auch den Landeanflug auf Split beobachten zu können.

Während der Norden Schleswig-Holsteins an diesem Januarmorgen noch im tiefen Winter war, schien in Split bereits die Frühlingssonne und die Temperaturen waren im angenehmen zweistelligen Bereich. Mittagessen gab es im militärischen Bereich des Flughafens, ohne Essensmarke oder sonstige Formalitäten. Offensichtlich war jeder berechtigt, sich am Buffet zu bedienen, der in NATO-Uniform hier war.

Am Nachmittag kam dann die Nachricht, dass der Weiterflug nur bis Mostar möglich war und Personal und Gepäck im Bustransport weiter nach Sarajevo gebracht würden. Nach der Landung dort stand ein Bus zur Verfügung und das Gepäck wurde in einen entsprechenden Lastwagen verladen. Die Strecke führte über hohe Pässe und einsame, leere Dörfer und brachte sie in drei Stunden nach Sarajevo. Mielke konnte nicht viel von der Stadt sehen, weil die einsetzende Dunkelheit das verhinderte. Endlich stoppte der Bus vor einem schwach beleuchteten Bauwerk, dem Ziel dieser Reise. Es war das Eisstadion der Olympiade 1984, genannt Zetra-Stadion.

Hier gab es keinen, der einem älteren Fregattenkapitän beim Transport seines Gepäcks geholfen hätte, nachdem es vom LKW lieblos in den Dreck geworfen worden war. So begab er sich in das Innere des Gebäudes auf die Suche nach helfenden Händen. Das gesamte Eisstadion war in eine riesige Containerstadt umgewandelt worden. Bis zu fünf weiße Container übereinander, eine weit höhere Zahl hintereinander und Hinweise auf Meldeköpfe der verschiedenen Nationen waren zu erkennen. Mielke fand den deutschen Meldekopf in der vierten Ebene und in dem Container einen müden Hauptgefreiten, der ihm auch nicht helfen konnte, ihm aber ein Bett im zweiten Geschoss zuwies. Hier sollte der Kapitän die Nacht verbringen und am nächsten Morgen wäre dann auch der Hauptmann wieder da und würde für weitere Klarheit sorgen. Essen könne er im Speisesaal im Untergeschoss. Dort würde Tag und Nacht Betrieb sein.

So blieb Mielke nichts übrig, als das Bett in dem zugewiesenen Container zu suchen und anschließend das Gepäck von vorne zu holen. In dem Wohncontainer, in dem Mielke schlafen sollte, war eine Koje bereits vergeben. Ein französischer Oberst hatte die hintere Koje belegt, den einzigen Tisch in Beschlag genommen und rauchte seine schwarze Gauloises. Unter Hinweis auf den höheren Dienstgrad würde er auch das Rauchen nicht einstellen, wie er in schlechtem Englisch deutlich machte.

„Das kann ja heiter werden", dachte Mielke. Er wuchtete seine Gepäckstücke vor und auf sein Bett und beschloss, zunächst einmal die Kantine aufzusuchen, denn der Hunger meldete sich.

Die von ihm zunächst genommene Treppe nach unten führte in eine dunkle Ebene, die einige Zentimeter unter Wasser stand. Daher standen die untersten Container auf dicken Holzstempeln. Mielke hörte leise Geräusche zwischen den Containern und fürchtete, dass sich dort unten Ratten aufhielten. Dieses Gefühl war von Freude oder gar Zuversicht weit entfernt. Schnell verließ er den ungastlichen Bereich und ging in eine andere Richtung, wo er dann auch Klappern von Tellern hörte und der Geruch von Gebratenem ihm in die Nase stieg. Doch sein Hunger war durch die Begegnung mit dem französischem Oberst und den Ratten im Untergeschoss erheblich eingeschränkt. Lustlos stocherte Mielke in den Nudeln mit Hacksoße herum und machte sich Gedanken, wie er die Nacht verbringen würde. Noch lustloser begab er sich zu dem Container, wo sein Gepäck und seine Koje warteten, allerdings auch der Rauch von Zigaretten.

Mühsam kramte er in seinen Sachen, um Schlafanzug und Waschzeug zu finden, als es laut an die Tür bollerte. Der Oberst rief „Entrez" und herein trat Mike Habicht, Mielkes alter Freund vom MAD aus Kiel.

„Bonjour, mon Colonel", rief Habicht vergnügt und setzte in perfektem Englisch fort: „Ich bin hier, um meinen Kameraden Mielke vom Zetra-Stadion in das Hauptquartier in Iliza zu bringen, wo auch schon ein Bett für ihn bereitsteht."

Natürlich hatte der Oberst keine Einwände und Mielke erst recht nicht. „Mein Gott, Mike, dich schickt der Himmel. Woher weißt du denn, dass ich heute hier ankomme und überhaupt nach Sarajevo abkommandiert bin", fragte Mielke, als sie in einem Militärwagen durch die dunklen Straßenschluchten der Stadt fuhren.

„Karsten, du weißt, ich verrichte meine Arbeit in der GENIC. Selbstverständlich laufen die Namen aller Deutschen, die hier herunter kommen, über die GENIC. Und so erfuhr ich von einem deutschen Fregattenkapitän aus Kiel kommend. Ich freue mich, dich gleich gefunden zu haben und ahnte schon, du würdest nicht gerne im Zetra bleiben. Ich bin damals ganze vier Tage hier gewesen und hatte die Schnauze schon am ersten Abend voll. Das wollte ich dir ersparen. In Iliza wirst du auch Dienst tun und die Bedingungen sind etwas besser als im Zetra. Zwar befinden sich in dem alten Hotel noch nicht überall Scheiben in den Fenstern, aber zumindest siehst du Tageslicht. Iliza war vorher Kampfzone, da ist viel zerstört, aber es ist auch ein historischer Ort. Hier hat der österreichische Kronprinz mit seiner Frau die letzte Nacht vor dem Attentat geschlafen."

„Und wie hast du das Bett für mich organisiert?"

„Das war kein Problem. Der Hausmeister des Hotels ist ein Unteroffizier aus Heidelberg, das geht dann über die deutsche Schiene."

„Ich bin so froh, aus dem Rattenloch heraus zu sein", sagte Mielke, „ ich gebe dir gerne einen aus, wenn das möglich ist."

„Kein Problem, die Bar ist wohl bestückt, und das Beste ist, die einzige Währung ist die D-Mark. Für unsere amerikanischen Freunde war das ein Weltuntergang, als sie mit den Dollars wedelten und keiner sie haben wollte."

Inzwischen hatten sie sich einem militärisch bewachten Bereich genähert. Hier waren es norwegische Soldaten, die Habicht und Mielke erst nach einiger Zeit passieren ließen.

„Du wohnst zusammen mit dem Amerikaner John Long, ein Halbchinese, und einem weiteren Major der Artillerie. Aber der ist harmlos, sagt zumindest John."

„Du kennst dich ja gut aus."

„Muss man auch. John hat mir gesagt, dass in seiner Unterkunft gerade das Einzelbett freigeworden ist. Das habe ich dann gleich für dich reserviert. Ein Einzelbett ist schon was Besonderes, normal sind Doppelstockbetten. Aber dein Zimmer ist etwas kleiner, hat aber ein richtiges Badezimmer mit Dusche und so weiter."

* * * *

Im Hotel Serbja, so stand es an der Fassade, gab es sogar schon eine Rezeption, die besetzt war, und wo Mielke seinen Schlüssel bekam. Alles so wohltuend anders als im Zetra. Mielke und Habicht schleppten gemeinsam das Gepäck in den zweiten Stock. Mielke klopfte an die Tür, aber niemand antwortete. Die Tür war abgeschlossen, doch der Schlüssel passte. Habicht verabschiedete sich und die Freunde verabredeten sich für den kommenden Abend in der Bar.

Im Zimmer befanden sich zwei Doppelstockbetten, hintereinander an der langen Wand und gegenüber ein Einzelbett, frisch bezogen. Das gehörte sicher Mielke. Die Doppelbetten waren mit Tarnnetzen verhüllt. Die abwesenden Bewohner hatten sich richtige Höhlen gebaut, wohl auch, um andere abzuschrecken, hier mit einziehen zu wollen. Das Fenster war mit Plastikfolie abgedeckt, auf der deutlich UNHCR stand, die Flüchtlingsorganisation der Vereinten Nationen. Leider waren schon einige Risse in der Folie. Bei dem jetzt einsetzenden Schneetreiben zog es tüchtig und sofort bildeten sich kleine Schneehaufen auf der Fensterbank. So konnte es nicht richtig warm werden, auch wenn der Heizkörper durchaus warm war. Das Bad war komplett eingerichtet, die Dusche lieferte sogar Wasser, wie

Mielke feststellte. Entspannt machte er sich daran, sein Gepäck in eine freie Schrankhälfte zu verteilen und beschloss dann auch zu schlafen, denn morgen wollte er seinen Vorgänger im Amt des Umweltschutzbeauftragten des HQ SFOR kennen lernen.

Siebtes Kapitel

Am nächsten Morgen wachte Mielke erholt auf, begab sich zum Frühstück in den Speisesaal im Erdgeschoss, wo eine reiche Auswahl von warmen und kalten Gerichten wartete.

„Nicht schlecht", dachte Mielke, „verhungern wird man hier nicht." Doch der Kaffee, der aus großen Containern ausgeschenkt wurde, schmeckte überhaupt nicht, war viel zu lasch für einen ausgewiesenen Kaffeetrinker. So verließ Mielke bald den Raum und machte sich auf die Suche nach seinem Vorgänger, einem österreichischen Major mit dem Namen Schlickenseher.

Er wanderte durch die verschiedenen Büroräume, kam auch in Bereiche, die aus Containern auf LKWs bestanden, ganz ohne Tageslicht und eng wie auf den U-Booten. Doch keiner, den er fragte, hatte je von dem „Environmental Department" gehört. „Das muss sich ändern", nahm sich Mielke vor. Letztlich landete er im Büro des Chefs des Stabes, wo man ihm erklärte, der Bereich Umweltschutz befände sich in einem anderen Appendix aus Containern. Dort war auch CIMIC untergebracht, wo „Civil Military Cooperation" betrieben wurde, also die Unterstützung des zivilen Wiederaufbaus durch das Militär.

Mielke begab sich in die entsprechende Richtung und fand ohne weitere Probleme eine Straße aus Holzbohlen, von der nach beiden Seiten Eingänge in Container abgingen. Auf einem stand tatsächlich „Environmental Issues- Umweltschutz" und darunter Schlickenseher, Major Austrian Army.

Mielke klopfte und trat ein, nachdem er von innen eine Antwort bekommen hatte. Drinnen saß ein schmächtiger Mann hinter seinem Schreibtisch und schrieb auf einem Blatt Papier. Er bot ihm als erstes einen Platz an und fragte dann, wie er helfen könne.

„Guten Morgen, Herr Schlickenseher. Ich bin der Fregattenkapitän Karsten Mielke von der Bundesmarine. Ich bin gestern in Sarajevo angekommen und soll von Ihnen die Aufgabe Umweltschutz übernehmen."

„Was wollen Sie? Meine Aufgabe übernehmen? Das geht auf keinen Fall. Ich habe gerade vor einer Woche von meinen Vorgesetzten die Zusicherung erhalten, noch mindestens ein weiteres Jahr hier bleiben zu können."

Der österreichische Dialekt wurde mit jedem Satz ausgeprägter. Mielke hatte schon Schwierigkeiten, alles zu verstehen, was ihm Schlickenseher sagte. „Wissen Sie, ich wohne in Klagenfurt, habe gerade mein Haus fertig und kann auf keinen Fall auf die Zulage für Bosnien verzichten. Das ist ja eine Katastrophe, wie soll ich das schaffen. Und von einem Wechsel hat mir auch keiner was gesagt, ich bin also gar nicht vorbereitet. Nein, das Beste wird sein, wenn Sie mit der nächsten Maschine zurück nach Deutschland fliegen, denn Ihre Versetzung hierher ist bestimmt ein Irrtum."

Mielke war völlig konsterniert von diesem Redefluss. „Das werde ich mit Sicherheit nicht machen. Aber wir sollten uns nicht aufregen, sondern zum Chef des Stabes gehen und das klären. Meine Kommandierung ist eindeutig, sogar der Dienstposten Umweltschutz ist erwähnt. Vielleicht können Sie ja hier woanders eingesetzt werden, damit sie bleiben können."

„Nein, der Umweltschutz ist mir auf den Leib geschneidert. In einem richtigen Job hier im Stab wäre ich viel zu eingebunden und könnte mich nicht so frei bewegen. Ich kann nämlich öfters am Wochenende von hier über Kroatien nach Klagenfurt fahren, um meine Familie zu sehen und am Haus weiterzubauen.

Was für ein Schlamassel, ich brauch jetzt erst einmal einen starken Kaffee. Sie auch?" „Gerne doch, die Brühe beim Frühstück war ja kaum zu genießen." Mielke fand es nett, von dem Mann, den er ablösen sollte, einen Kaffee angeboten zu bekommen.

„So weit ich weiß", erläuterte Schlickenseher, „sind Amerikaner dafür verantwortlich und die verstehen nicht so viel von Kaffee, schließlich trinken sie nur Pulverkaffee. Aber bevor wir uns weiter unterhalten, will ich schnell einen Termin für uns beim Chef des Stabes festmachen."

Mielke hätte nun gerne gehört, wie sich sein Englisch anhören würde, aber das Gespräch fand in deutscher Sprache statt. „Wir haben seit drei Tagen einen deutschen Chef des Stabes und ich habe mit seinem deutschen Adjutanten einen Termin für 11.00 Uhr ausgemacht. Der Neue heißt Böckle und ich habe noch kein Wort mit ihm gewechselt. Sein Vorgänger war übrigens ein Brite, ein General mit unaussprechlichem polnischen Namen, der von allen nur General DZ genannt wurde, das sind erster und letzter Buchstabe des Namens."

Der sich langsam beruhigende Major bot einen Kaffee nach bester Wiener Tradition an und er schmeckte tatsächlich deutlich besser. Schlickenseher versprach sogar, wenn eine für beide akzeptable Lösung gefunden wäre, den Kapitän regelmäßig zu sich zur Kaffeestunde einzuladen, denn dafür war immer Zeit, wie er bedeutete. Er berichtete über die Organisation des Hauptquartiers.

„Hier gibt es Bereiche, die schwer arbeiten müssen, zum Beispiel J-3, Operationen, J-4 Transport oder J-5 Planungsabteilung. Aber der Rest, zu dem auch Umweltschutz, Personal oder auch J-9 CIMIC gehören, braucht sich nicht zu überschlagen. Denn, sehen Sie, die Abteilungen sind alle überbesetzt. Alle Nationen wollen möglichst überall vertreten sein. So gibt es manchmal mehr Personal als sinnvolle Aufgaben, das ist zumindest meine Beobachtung."

Natürlich war er auch neugierig zu erfahren, wie Mielke zum Umweltschutz gekommen war. Sie verglichen die Aufgaben und erkannten beide, dass der Job nur bei geschickter Planung den Arbeitstag auslastete. Aber Umweltschutz war gerade aktuell und jede Armee brauchte eine entsprechende Abteilung, schon um den grünen Parteien keine Angriffsflächen zu bieten.

Das Gespräch plätscherte so dahin. Beide hatten nur wenige Berührungspunkte und der österreichische Major schien auch keine besonders gute Quelle für Informationen über das Hauptquartier und die internen Arbeitsabläufe zu sein. Mielke fand sein Gegenüber durchaus sympathisch, aber mehr für Kaffeepausen als für ernsthafte Gespräche. So war er ziemlich erleichtert, als der Adjutant des Chefs des Stabes bereits kurz nach zehn Uhr zum Treffen rief.

Schlickenseher sollte das Gespräch beginnen, sein Problem schildern und um Lösungen bitten, die sein Verbleiben in Sarajevo sicherstellen würden.

Mielke seinerseits erinnerte sich daran, dass die Marine ihn mit Begeisterung nach Bosnien geschickt hatte, um ihn als Ohr und Auge des Führungsstabes Marine zu nutzen, aber nicht als Sprachrohr. Vielleicht bot sich ja eine Verwendung im Stab, die dichter am aktuellen Geschehen war als der Umweltschutz.

* * * *

„Herein", rief eine befehlsgewohnte Stimme, als der Adjutant an die Tür klopfte. „Herr General, hier sind der Major Schlickenseher vom Umwelt schutz und ein Fregattenkapitän Mielke aus Kiel, der offensichtlich sein Nachfolger werden soll."

„Sollen reinkommen."

Von dem General war nichts zu sehen. Dann wurde lautstark eine Schublade zugemacht und hinter dem Schreibtisch tauchte mit rotem Kopf ein untersetzter Mann in einem grauen Overall auf. Dieses Kleidungsstück war deutlich zu klein und wirkte wie eine Wurstpelle. Mielke verkniff sich die Bemerkung, die schon auf seiner Zunge lag, als er auf den Schulterstücken des Overalls die goldenen Abzeichen eines Generalmajors entdeckte.

„Sie sehen mich dabei, meine Herren, mich hier einzurichten. Ich hatte bisher noch keine Gelegenheit, mit Ihnen, Major Schlickenseher, persönlich zu sprechen. Nun erfahre ich auch noch von Ihrer Ablösung und dann noch von einem Herrn der Bundesmarine aus dem schönen Kiel. Willkommen, Herr Kapitän Mielke. Bei

Gelegenheit müssen Sie mir erzählen, wie Sie es geschafft haben, in dieses Hauptquartier kommandiert zu werden, wenn das überhaupt Ihr Wunsch war."

Schlickenseher begann, wie abgesprochen. Er erklärte seine Verwunderung, einen potentiellen Nachfolger vor sich zu sehen und wies auf die Zusicherung seiner vorgesetzten Stellen in Wien hin, ihn noch mindestens für ein Jahr hier zu belassen. Er erwähnte auch persönliche Gründe, die eine Rückversetzung nach Österreich zu diesem Zeitpunkt nahezu ausgeschlossen machten.

Mielke führte aus, er sei als Dezernent Umweltschutz in Kiel benannt worden, den Stab SFOR in Sarajevo zu unterstützen, habe die entsprechende Vorausbildung absolviert und sei von der Marine für einen Dienstposten im HQ ausgewählt worden. Nach seinem Wissen wurde seinetwegen sogar die Zahl der in Bosnien eingesetzten Soldaten der Bundeswehr um einen Dienstposten erhöht. Er persönlich halte es für vollkommen ausgeschlossen, nach Deutschland zurückzukehren, weil der Vorgänger den vorgesehenen Dienstposten nicht freimachen könne oder wolle.

„Gut, ich habe das Problem verstanden", sagte der General. „Ich weiß zwar noch nicht, wie wir es lösen können, aber dafür haben wir ja Fachleute, auch hier. Major Schlickenseher, kehren Sie in Ihr Büro zurück, ich werde mich jetzt erst einmal mit Herrn Mielke beschäftigen."

Schlickenseher stand auf, grüßte militärisch und verschwand sichtbar erleichtert. „Nehmen Sie wieder Platz, Herr Mielke. Für solche Fälle haben wir doch eine Personalabteilung oder J-1, wie das hier heißt. Ich habe doch gestern meinen Kameraden J-1 kennengelernt, Jose-Maria, den spanischen General. Ich ruf ihn einfach mal an."

Böckle suchte im Telefonverzeichnis, wählte und sprach in „Denglisch" offensichtlich auf den Anrufbeantworter.

„Jose-Maria, sis is se new Chief of Staff, Hermann Böckle. We have a problem here and you can perhaps solve it. It is the Major from Austria. The new man has arrived from Germany but he cannot go back to Austria. Do you understand? What can we do? Please call me on my telefon. Bye, bye."

Mielke war wenig beeindruckt von den Kenntnissen der englischen Sprache, die der Chef des Stabes gezeigt hatte. Der hatte ein ähnliches Gefühl, denn er sagte entschuldigend: „Mein Englisch ist sehr eingerostet. Ich war zuletzt Kommandeur einer Panzerdivision in Thüringen und hatte kaum Zeit, meine Division zu übergeben, auch nicht, mich auf diesen Dienstposten vorzubereiten. Wie geht es Ihnen mit der Amtssprache hier?"

„Wahrscheinlich etwas besser, Herr General. Wir sprechen bei der Marine ja schon auf allen Sprechfunknetzen englisch und sind ständig mit anderen NATO-Partnern zusammmen, mit denen nur englisch gesprochen wird. Aber toll ist mein Können auch nicht, besonders wenn ich mich schriftlich äußern muss."

„Na ja, das kriegen wir schon mit der Zeit hin. Was machen wir jetzt mit Ihnen, Herr Mielke? Gestern hat mir auch mein französischer Freund sein Leid geklagt. Er habe als J-5, also Grundsatzplanung, so viel auf dem Tisch, dass er kaum mit der Arbeit hinterherkommt. Natürlich hat er viele Stabsoffiziere bei J-5, aber nicht jeder ist geeignet. Ich könnte mir vorstellen, dass Sie da gut rein passen. Grundsatzplanung ist so wie Nutzung des gesunden Menschenverstandes in der Einsatzführung. Als Mariner haben Sie keine Kenntnisse von Verfahren und Abläufen und sind aufgefordert, Fragen zu stellen, wenn die Methodik Ihnen nicht logisch erscheint. Sie könnten ein Filter gegen die Betriebsblindheit sein, die natürlich auch im Heer vorhanden ist, manchmal sogar im Übermaß.

Was halten Sie davon? Jean-Paul Gavenne wird Sie sicher gerne in seinen Stab aufnehmen. Soll ich ihn mal anrufen?"

Es klopfte und ein Oberst des Heeres kam ins Büro. „Das ist mein SECCOS, der Stabsoffizier beim Chef des Stabes, der auch verhindern soll, dass ich großen Blödsinn mache. Hier ist Kapitän Mielke aus Kiel, frisch eingetroffen und auf der Suche nach einem interessanten Job."

Der Oberst nickte in Mielkes Richtung, wandte sich aber sofort wieder dem General zu. „Herr General, habe gerade mit meinem spanischen Amtsbruder gesprochen. Sie haben offensichtlich seinen General angerufen, aber der hat nicht verstanden, was Sie wollten. Da ich nicht informiert wurde, bin auch ich ratlos."

„War mein Englisch wohl nicht so gut. Also darum geht es." Der General erklärte und der SECCOS nickte. „Glauben Sie denn, dass Ihr spanischer Oberst das Problem verstehen wird?"

„Da habe ich keine Bedenken. Er war auf der Führungsakademie in Hamburg und kennt unsere Art. Abgesehen davon kann ich auch deutsch mit ihm sprechen." „Aber warten Sie, bis ich mit J-5 gesprochen habe. Vielleicht ergibt sich eine Lösung, die für alle vorteilhaft ist."

Schnell war der drahtige französische General Jean-Paul Gavenne zur Stelle. Böckle und er unterhielten sich in perfektem Französisch, was Mielke sehr beeindruckte. Aber dem Gespräch folgen konnte er nicht. Schließlich wandte sich Gavenne auf Englisch an Mielke: „Seien Sie bitte um 13.00 Uhr bei mir in meinem Büro. Dann werden wir sehen."

„So, Herr Mielke. Wenn Sie das Interview heute Nachmittag überstanden haben, werde ich mit den Herren in Bonn und in Kiel die Angelegenheit besprechen. Die werden wohl nichts dagegen haben. Schlickenseher kann weiter Umweltschutz machen und Sie kommen ins Zentrum. Aber glauben Sie nur nicht, dass Sie hier eine ruhige Kugel schieben können. Da sei Gavenne davor und dann auch ich.

13.00 Uhr beim J-5, der mich dann informiert. Sollten Sie Probleme bekommen, wenden Sie sich direkt an mich. Wäre doch gelacht, wenn wir bei J-5 nicht auch den Sachverstand der Bundesmarine nutzen könnten!"

* * * *

Das Gespräch mit General Gavenne verlief unproblematisch. Er freute sich, keinen weiteren Offizier des Heeres zugeteilt zu bekommen, denn davon gab es reichlich in der J-5 Abteilung. Natürlich könnte er Mielke nicht einsetzen, um Operationen der SFOR Streitkräfte zu planen. Er erklärte Mielke, in einer Lage wie hier in Bosnien sei die Operationsabteilung oder J-3 beauftragt, etwa 48 Stunden einem Angriff zu widerstehen. Dafür habe J-3 Pläne erstellt. Nach Ablauf dieser Frist müsste ein neuer Gefechtsplan her, der natürlich von J-5 auszuarbeiten sei. Das bedeutete eine hohe Verantwortung für alle Planer bei J-5. Dafür war die Bedeutung von J-5 im HQ auch unumstritten.

„Wenn J-5 zu einer Planungsbesprechung bittet, schicken alle Abteilungen nur die kompetentesten Mitarbeiter. Denn der Erfolg hängt davon ab, dass die Folgepläne richtig und durchführbar sind", bemerkte Gavenne mit sichtlichem Stolz.

Seine Fähigkeiten, sich in der englischen Sprache auszudrücken, entsprachen denen von Mielke, der froh war, hier nicht französisch sprechen zu müssen.

„Aber in einem Gebiet sind wir nicht genügend informiert und da will ich Sie einsetzen, Karsten. Es gibt in Bosnien eine Fülle von Organisationen, die in bestimmten Teilbereichen tätig sind. Sie arbeiten teils auf Aufforderung der NATO, der EU oder der UNO, teils auch aus eigenem Antrieb, wie die vielen NGOs. NGO ist die Abkürzung für Non Governmental Organisations."

Nach kurzer Pause fuhr er fort: „Karsten, Sie nehmen Verbindung auf mit der Weltbank, der OSCE, der MAG, der IPTF und wie sie alle heißen. Stellen Sie sich als Vertreter von J-5 vor. Dort erklären Sie, was bei uns gemacht wird und wo der Stab SFOR helfen könnte. Dazu bekommen Sie einen Sonderpass, der Ihnen erlaubt, ohne Begleitung im zivilen Dienstwagen das Hauptquartier zu verlassen.

Sie werden feststellen, welch ein Privileg ich Ihnen gewähre, aber nur solange ich mit Ihrer Arbeit und Ihren Ergebnissen einverstanden bin. Außerdem werden Sie sich um die Informationen kümmern, die der Oberbefehlshaber SFOR oder CINC braucht, wenn hochrangige Besucher von außerhalb der NATO ihre Truppen besuchen und natürlich beim CINC SFOR vorsprechen. Alles klar?"

Mielke nickte und verabschiedete sich von seinem neuen Boss, einem Franzosen, mit dem er wohl gut harmonieren würde.

Um seinen Schreibtisch zu finden, brauchte er nicht weit zu gehen. J-5 war in einer großen Baracke aus Holz untergebracht, offensichtlich neu gebaut. Im Zentrum des Gebäudes stand ein riesiger ovaler Tisch mit etwa 30 Stühlen. In kleinen Zellen, denen jeweils die Wand zur Mitte fehlte, saßen bis zu 3 Offiziere aus verschiedenen Nationen, jeweils an einem Schreibtisch mit entsprechendem Computer. Mitten im Raum stand ein Amerikaner und erklärte an einer Tafel, wie J-5 in Zukunft organisiert werden sollte. Als er Mielke erkannte, unterbrach er seine Ausführungen und kam auf ihn zu.

„Hey, ich bin Joe Buckett, der Stellvertreter des J-5. Er hat mir erzählt, dass wir einen Paradiesvogel von der Marine bekommen, und das bist wohl du." Mielke hatte einige Schwierigkeiten, das Texanisch zu verstehen. Aber er antwortete: „Hey Joe, schön dich zu sehen, ich bin Commander Karsten Mielke aus Germany, ich hoffe, euch allen helfen zu können."

„Das werden wir sehen, Karsten. Zunächst brauchst du einen Schreibtisch und einen Computer. Das ist kein Problem, das macht unser Erik, ein deutscher Feldwebel. Ich gebe dir eine eigene Box, denn du wirst ja mit keinem von J-5 zusammenarbeiten. Die dahinten, wo die zwei Franzosen gerade packen, das wird deine. Die sind erst mal richtig sauer auf mich und auf dich. Aber so ist es eben. Während Erik deinen Computer einrichtet, kannst du schon mal zuhören, wie ich J-5 neu organisieren will. Leider ist Paul, der deutsche Stellvertreter, im Urlaub und die Sache kann nicht warten, bis er zurück ist. Setz dich zu uns."

Das tat Mielke, nickte Offizieren aus Kanada, Großbritannien, Frankreich, Italien und der Türkei zu und versuchte zu verstehen, worum es ging.

Sehr schnell wurde ihm klar, dass versucht wurde, die Funktion des deutschen Stellvertreters an den Engländer abzugeben, der sich ausschließlich mit der anstehenden Gemeindewahl in Bosnien beschäftigen sollte. Grundsatz und Planung bei Joe Buckett und Wahlvorbereitung und Unterstützung durch SFOR bei David Frost, dem Briten. Alle schienen einverstanden. Als die Besprechung zu Ende war, bat Mielke um ein Wort mit Buckett.

„Joe, ich habe nur den Rest mitbekommen und kann das auch noch nicht bewerten. Vielleicht gibt es gute Gründe für diese Neuordnung, aber ich kann nicht akzeptieren, dass Paul in seiner Abwesenheit aus seiner Funktion als Stellvertreter entfernt wird. Ich bitte dich also, damit zu warten, bis Paul sich dazu geäußert hat. Ich kenne ihn zwar noch nicht, aber offensichtlich sind er und ich die einzigen Deutschen hier bei J-5. Also spreche ich als deutscher Vertreter."

Joe schien nicht erfreut, brummelte etwas in seinen Bart und ließ Mielke stehen.

„Auch gut", dachte Mielke.

Er blickte auf die Uhr. Es war schon fast 19.00 Uhr und er machte sich auf den Weg zum Speisesaal, der praktischerweise auch im Haus Serbja lag. Davor war eine Bar, um die bereits ein ziemliches Gedränge herrschte. Mielke fand seinen Freund Mike in der Traube von Männern und klopfte ihm auf die Schulter. „Mensch, da bist du ja, Karsten, alles klar? Weißt du, was du nun machen sollst in Sachen Umweltschutz?"

„Von wegen, der Knabe will nicht gehen. So hat mich der Chef des Stabes der Abteilung J-5 angedient und die haben mich akzeptiert. Jetzt soll ich mich um alle Hilfsorganisationen hier kümmern und sie auch besuchen. Ich bekomme einen Sonderpass, damit ich alleine raus kann. Der General sagte noch etwas von einem großen Privileg, aber das hab ich nicht verstanden."

„Drive alone, go alone? Für dich? Du bist ein Glückspilz, Karsten! Eigentlich darf man hier nur in Gruppen mit Bewaffnung das

Hauptquartier verlassen. Nur ganz Privilegierte, wie Presse und CI-MIC, die machen den zivilen Wiederaufbau, haben so etwas. Wir natürlich auch, aber wir gehören ja nicht zum HQ, sind ihm nur angeschlossen. Darauf müssen wir einen trinken. Die Bar nimmt nur D-Mark, nicht einmal Dollar. Und du hast die Auswahl von zwei Sorten Rotwein, einer zu 3,50 DM und der andere zu 4 DM."

„Na, dann zeigen wir mal, wie reich wir sind und nehmen den zu 4 Mark."

„Das hatte ich gehofft, Karsten. Ich empfehle dir, nicht allen von deinem Sonderpass zu erzählen. Es gibt hier auch viel Neid, denn nach längerer Zeit immer in Gemeinschaft kann man auch verrückt werden. Aber der Kommandant des HQ ist ein Ami, dem der Schutz seines Personals über alles geht. Du wirst das noch mitkriegen. Wir können jedenfalls beide raus und ich zeig dir demnächst einige richtig schöne Ecken von Sarajevo und natürlich auch die schrecklichen Seiten."

Sie nahmen die Flasche mit in den Speisesaal, wo eine riesige Auswahl von Gerichten mit Salaten, Puddings und Kuchen warteten. Die einzelnen Nationen hatten reservierte Tische und es herrschte ein gewaltiges Sprachengewirr. Am deutschen Tisch saßen schon einige, die es kaum glauben wollten, unter ihnen jetzt einen von der Marine zu sehen.

Achtes Kapitel

Nach einigen Tagen beschloss Mielke, seine neu gewonnene Freiheit zu nutzen und mit seinem Dienstwagen, einem dunkelblauen Renault 21 mit kroatischem Kennzeichen, einen Besuch bei der OSZE zu machen. Er hatte gelesen, dass die OSZE oder englisch OCSE sich um die anstehenden Wahlen kümmern sollte. Da Wahlen in diesem zerrissenen Land kaum ohne Aufsicht fair, geheim und gleich stattfinden konnten, war die Zusammenarbeit mit SFOR unabdingbar. Am Tag zuvor hatte Mike Habicht ihn mitgenommen, um ihm – wie versprochen – schöne und schreckliche Teile Sarajevos zu zeigen. Dabei überwogen die Trümmerlandschaften allemal.

Das Pressezentrum – eine Wüste aus Betonteilen, das Busdepot mit mindestens 100 ausgebrannten Bussen und Straßenbahnen, Häuser ohne Fenster, nur Zerstörung und Chaos.

Dazwischen die armen Einwohner dieser Stadt, die nun versuchten, neben Gemüse und Eingewecktem auch gebrauchte Kleider und Küchengeräte zu verkaufen, um wenigstens ein wenig Geld zu verdienen. Mielke, der bisher ja nur bei Dunkelheit durch die Stadt gefahren war, verstummte beim Anblick dieser Armut. Doch auf dem großen Basar konnte man schon türkischen Kaffee trinken und Goldschmiede stellten ihre Schätze aus, denn Schmuck geht immer und auch hier gab es Gewinner des Krieges.

Bei der Ausfahrt aus dem Hauptquartier wurden sein Ausweis, seine Fahrberechtigung und besonders die Genehmigung, die Anlage ohne Begleitung zu verlassen, vom norwegischen Wachpersonal genauestens geprüft. Mielke wurde noch einmal darauf hingewiesen, dass er spätestens um Mitternacht wieder zurück sein musste und mit zackigem Salut verabschiedet.

Die Vorstadt Ilidza, die das Hauptquartier in einem alten Hotelkomplex beherbergte, war auch sichtbar zerstört. Hier hatten heftige Kämpfe zwischen Serben und Bosniern stattgefunden, denn es ging um die Eroberung des Flughafens, der in der Nähe lag. Allerdings hatte der Winter eine dichte Schneedecke über die Trümmer gelegt und alles erschien freundlicher. Mielke fuhr ganz vorsichtig, um ja keinen Unfall zu bauen. Bald schon hatte er die vierspurige Schnellstraße in die Innenstadt erreicht, doch der Zustand der Straße ließ keine höhere Geschwindigkeit zu. Da keine Straßenbahn und kein Bus fuhren, waren viele Bürger zu Fuß unterwegs. Immerhin konnten sie sicher sein, nicht von den Hügeln auf der serbischen Seite beschossen zu werden. Mike hatte erzählt, wie die „Snipers Alley" oder „Straße der Scharfschützen" während des Krieges zur Ausbildung der serbischen Rekruten an lebenden Zielen genutzt wurde. Ebenso übten die Panzerschützen, auf fahrende Busse und Autos zu zielen. Zum Schutz der Bürger hatte man lange Reihen von Containern am Straßenrand aufgestellt. Die waren natürlich inzwischen entfernt worden, denn die NATO sorgte schon dafür, dass so etwas nicht mehr geduldet wurde.

Auf dem Stadtplan hatte Mielke gesehen, wo die OSZE ihr Hauptquartier in Sarajevo hatte. Es lag am Ufer des Flusses Miljacka, der Sarajevo in eine bosnische und eine serbische Stadt teilte. So fuhr er einfach geradeaus bis ins Stadtzentrum und weiter in Richtung Pale, also nach Osten. Er wusste, wenn er am Basar vorbeikäme, wäre er zu weit gefahren. Rechtzeitig fand er einen Parkplatz am Straßenrand und musste nur noch wenige Meter gehen, bis er zum Gebäude der OSZE kam. An der Kreuzung davor fand er in der Hauswand eine Gedenktafel, die an das Attentat auf den österreichischen Thronfolger von 1914 erinnerte.

„Da bin ich aber gespannt, ob die Bosnier weiter dieser Tat eines Serben gedenken werden", dachte Mielke.

* * * *

Das Gebäude der OSZE hatte auch gelitten, genau wie die Nachbarhäuser. Einschusslöcher wirkten wie Pocken auf der gelben Sandsteinfassade. Doch im Inneren sah alles normal aus. Sogar eine Hinweistafel war im Eingangsbereich aufgehängt. Darauf fand Mielke unter dem Begriff „Coordination" den Namen Sabine Berger, Germany.

„Das ist eine gute Anlaufadresse, die kann mir sicher weiterhelfen", sagte sich Mielke. Der Pförtner war auch gleich bereit, Miss Berger zum Empfang zu rufen.

Die Person, die kurz darauf auftauchte, war klein und zog ihr linkes Bein leicht hinter sich her. Sie trug einen selbst gestrickten Pullover mit buntem Zopfmuster, in den sie leicht zweimal passte. Mielke stellte sich vor, sie nickte und nahm ihn mit in ihr Büro.

„Das finde ich ja nett, dass das Hauptquartier SFOR mit uns in Zukunft enger zusammenarbeiten will", begann sie das Gespräch. „Wir haben uns hier schon gefragt, wie wir Wahlen durchführen sollen, ohne den militärischen Schutz durch SFOR. Außerdem gibt es ja noch andere Bereiche, um die wir uns kümmern, wie den Aufbau von normalen Regierungsstrukturen. Auch da können wir manchmal Hilfe brauchen, zum Beispiel Transportmittel."

„Das hat der Leiter der Planungsabteilung, oder J-5, auch erkannt und mich damit beauftragt", antwortete Mielke. „Ich bin zwar von der Marine und verstehe wenig von der Art und Weise, wie das Heer operiert, aber ich kann zumindest Ihre Wünsche weiter geben."

„Ja, wie kommt man denn als Seemann zu so einem Job?" Mielke zählte in Kurzform Gründe und Anfangsprobleme seiner Abkommandierung nach Sarajevo auf. Frau Berger schien überrascht, was alles so in den Streitkräften passieren kann.

„Und wo ist nun Ihre Fregatte?"

„Wie bitte? Ach so. Nein, das ist nur ein Dienstgrad in der Marine. Sehen Sie, vorher war ich Korvettenkapitän, obwohl wir in der Marine gar keine Korvetten haben. Aber eine Fregatte ist größer als eine Korvette, also ist der Dienstgrad Fregattenkapitän höher als der eines Korvettenkapitäns. Alles klar?"

„Nein, keineswegs. Es ist schon komisch bei der Marine."

„Da haben Sie wahrscheinlich Recht. Aber was hat Sie denn nun nach Sarajevo gebracht? Oder sind Sie eine Expertin für Bosnien?"
S
ie erzählte nun ihrerseits, wie sie als Politologin nach Abschluss des Studiums und völlig ungebunden sich bei der OSZE in Paris beworben hatte. Ohne bosnische Sprachkenntnisse war sie nach Sarajevo geschickt worden war. Ein Jahr musste sie noch aushalten, dann winkte hoffentlich Paris oder zumindest die Rückkehr in die Zivilisation.

„Der heutige Besuch dient lediglich der Kontaktaufnahme", sagte Mielke. „Es ist immer gut, wenn man in den anderen Organisationen einen Ansprechpartner hat, den man auch persönlich kennt."

„Das finde ich auch", erwiderte Frau Berger. „Wissen Sie, Herr Mielke, heute ist ja der dritte Donnerstag und da treffen sich alle Deutschen aus den unterschiedlichen Organisationen und Gruppen im Restaurant „Miljacka" um 19.00 Uhr. Wir unterhalten uns, essen und trinken ein wenig, tauschen Neuigkeiten aus der Heimat aus und fühlen uns nicht mehr so ganz allein. Wollen Sie nicht auch kommen? Ich bin auch da und werde Sie vorstellen. Was halten Sie davon?"

„Es ist ja wirklich nett, dass Sie mich in Ihren Kreis mit einbeziehen wollen, Frau Berger. Da komm ich doch gerne und nehme Sie auch in meinem Auto mit."

„Das ist sehr freundlich und sagen Sie doch Sabine zu mir."

„Und ich bin Karsten. Wie weit ist es von hier? Wann soll ich Sie abholen?"

„Ich dachte, wir duzen uns jetzt, Karsten. Viertel vor sieben reicht vollkommen."

„Dann steh ich um 18.45 Uhr hier vor der Tür, Sabine."

Sabine brachte ihn zurück zum Empfang und wollte seine Hand gar nicht mehr loslassen, als sie sich verabschiedeten.

* * * *

Mielke blickte auf seine Uhr und hatte noch gut eine Stunde Zeit, bis er Sabine abholen sollte. Er ließ sein Auto, wo es stand und spazierte in Richtung Basar, der ihm schon gut gefallen hatte, als er mit Mike die Stadtrundfahrt machte. Natürlich wollte er einen türkischen Kaffee trinken und ein wenig entspannen, was im Militärkomplex von Ilidza kaum möglich war, da man praktisch nie allein sein konnte.

Es war schon ein reges Treiben auf dem Markt, allerdings mehr Schaulustige als Kaufwütige. Mielke wurden verschiedene Dinge angeboten, die in Heimarbeit hergestellt worden waren, von Ledergürteln bis zu Holzpfeifen und Messern, sogar eine Pistole war dabei. Mielke lächelte jeweils und schüttelte den Kopf, obwohl die Angebote nach seinem Eindruck sehr günstig waren. Nichts kostete mehr als 20 DM, bis auf die Pistole natürlich. Die sollte 150 DM kosten, mit zwei gefüllten Magazinen und einem Reinigungsset.

Pünktlich machte er sich wieder auf den Weg, um seine neue Freundin Sabine abzuholen. Sie wartete schon am Eingang der OSZE, eine Aktentasche unter dem Arm, und schien hoch erfreut, Mielke tatsächlich wieder zu sehen.

„Wahrscheinlich hat sie schlechte Erfahrungen mit Männern gemacht", dachte Mielke. „Hoffentlich bin ich nicht die nächste Enttäuschung."

Sabine dirigierte ihn durch den Verkehr, bis sie wieder an den Fluss kamen. An einer der Kreuzungen musste Mielke scharf bremsen, da ein Auto aus einer Seitenstraße kam, ohne auf den Verkehr zu achten und Mielke fast berührte. Sabine erschrak und fluchte in einer unbekannten Sprache, vielleicht sogar serbo-kroatisch. Es klang wie „Plokleti dubre, glupak!"

„Nanu, ich dachte, du kannst die Sprache hier nicht", bemerkte Mielke. „Kann ich auch nicht, aber diesen Fluch hört man hier an jeder Straßenecke. Ich hoffe nur, dass es kein schlimmer Ausdruck ist", setzte sie spitzbübisch hinzu. Mielke lachte.

Schon bald war das Restaurant „Miljacka" vor ihnen. Auf dem Parkplatz standen schon einige Wagen, die deutlich als Dienstwagen erkennbar waren. Mielke stellte sein Auto dazu.

Sabine hatte auf der ganzen Fahrt geplaudert, ohne ernsthaft Antwort von ihm haben zu wollen. Ein zustimmendes Nicken oder Brummen hatte jeweils genügt. Jetzt gingen sie in das Lokal und Sabine führte ihn zu einem Nebenraum, in dem eine runde Tafel gedeckt war. Sogar eine deutsche Flagge stand mitten auf dem Tisch. Mielke half Sabine aus ihrem Mantel und war irgendwie nicht überrascht, dass sie immer noch diesen riesigen Pullover trug. Sie waren nicht die Ersten, aber noch hatte sich keiner der Anwesenden hingesetzt. Mielke sah einen Herrn in der Uniform der Bundespolizei, einen Zollbeamten und weitere Männer, die zum Teil in Anzug und Krawatte erschienen waren. Sabine stellte ihn einigen in der Gruppe vor. Der Polizist gehörte zur IPTF, der Internationalen Polizei Einsatzgruppe, der ihm seine Aufgabe erläuterte:

„Sehen Sie, die UNO hat beschlossen, diesem Lande eine neue Polizeistruktur zu geben, und ich gehöre hier zu den Ausbildern. Natürlich findet die Ausbildung in englischer Sprache statt, was schon ein Problem ist, denn wir erreichen nicht die Polizisten vor Ort, sondern nur die in der Führungsebene.

Sie sollen theoretisch ihr Wissen an die untere Ebene weitergeben, aber das findet nicht statt. Hinzu kommt, dass wir hier in der IPTF als Organisation der UNO Polizisten aus der ganzen Welt haben, die auch Maßstäbe aus der ganzen Welt verkörpern. Für einen Polizisten aus Asien ist es völlig normal, einen Dieb zu erschießen. So gibt er das auch im Unterricht weiter. Grauenvoll!"

Ein weiterer Mann in Jeans und mit sehr müden Augen stellte sich als Angehöriger der UNMAC vor, des Minenabwehr-Aktions-Zentrums der Vereinten Nationen.

„Ich habe hier auf dem Mittelstreifen der Fahrbahn einige Männer in Schutzanzügen gesehen, die mit Stäben den Boden absuchten. Haben die etwas mit Ihrer Gruppe zu tun?", fragte Mielke. „Davon können Sie ausgehen. Minen gibt es hier noch überall und alle müssen sich an dieser wichtigen Gemeinschaftsaufgabe beteiligen."

„Und wie machen Sie das?"

„Wir unterrichten das Erkennen, Aufspüren und Beseitigen von Landminen, von denen es hier, wie gesagt, Millionen gibt. Nun unterscheidet man das „humanitäre" Räumen, bei dem die Weltbank hilft, und das „militärische" Räumen. Alle Bevölkerungsgruppen haben ihre eigenen Streitkräfte hier in Bosnien. Sie sind per Mandat verpflichtet, jedes Quartal eine bestimmte Zahl von Teilnehmern an unseren Lehrgängen abzustellen. Zur Zeit sind es 30 pro Quartal, also 30 Bosnier, 30 Kroaten und 30 Serben. Glauben Sie ja nicht, die kommen voller Begeisterung, ihr Land von dieser Gefahr zu befreien. Nein, sie wurden abgeteilt, weil sie keine Entschuldigung hatten und sowieso zu den Ärmsten der Armen gehören.

Das sind zum großen Teil junge Soldaten, die Riesenangst haben, sich selbst beim Minenräumen umzubringen. Kann man es ihnen verdenken?

Ach übrigens, Herr Mielke, wenn Sie mit Ihrem Auto unterwegs sind, denken Sie daran, immer in der Mitte der Straße anzuhalten, Ihre Beifahrer aussteigen zu lassen und erst dann an den Straßenrand zu fahren. Der Straßenrand wird auch gerne von den nichts ahnenden Bauern benutzt, Munitionsreste und was sie dafür halten dort abzulegen. Nie direkt aus dem Auto in Gras oder Laub treten!"

„Das habe ich schon mal in Hammelburg gehört", antwortete Mielke, „aber vielen Dank für die Erinnerung. Ich komm Sie mal besuchen bei der MAC."

„Gerne doch, wir haben ja viele Berührungspunkte mit SFOR. Besonders bei den Lageplänen für Minen, die meist unzureichend genau sind oder ganz fehlen. Aber ich habe noch keinen Mann von SFOR bei uns gesehen."

Die Teilnehmer im Anzug waren die deutschen Vertreter in offiziellen Organisationen. Dazu gehörten die Beauftragten für den Wiederaufbau, die angesiedelt waren bei der EU-Vertretung. Deutsche Diplomaten bei der UN waren auch anwesend.

* * * *

Einer von ihnen wandte sich direkt an Mielke und hieß ihn in Sarajevo willkommen.

„Als Sie durch die Stadt gefahren sind, haben Sie sicher daran gedacht, wie die Serben von den Bergen aus die Bevölkerung unter Beschuss genommen haben. Sie haben wahrscheinlich auch das Bus-Depot gesehen, in dem immer noch hundert ausgebrannte Busse und Straßenwagen stehen."

Mielke nickte. „Wie wir alle haben Sie tiefes Mitleid mit den armen Bosniern empfunden. Das ist auch völlig berechtigt, doch man sollte hier nicht nur schwarz und weiß erkennen. Es gibt auch viele Grautöne. Die beginnen schon in der Vergangenheit dieses Landes. Sind Sie bereit, einem kurzen Diskurs in die Geschichte zu lauschen?"

„Unbedingt", sagte Mielke, „ich würde gerne verstehen, was ich hier erlebe."

„Gut", fuhr der Diplomat fort. „Durch dieses Land zogen die Türken auf ihrem Weg nach Wien. Die Serben wurden durch die Monarchen in Wien in der Kraijina, diesem halbmondförmigen Bergrücken, angesiedelt, um den weiteren Vormarsch zu verhindern. Zwischen der Kraijina und Wien siedelten die Kroaten, geschützt durch die Serben, aber auch von ihnen verachtet. Die ganze Geschichte der Serben in diesem Land ist die Verteidigung des Abendlandes gegen die Türken. Und das war auf einmal alles nicht mehr wahr. In der Auflösung des früheren Jugoslawiens blieben die Kraijina-Serben einfach auf der Strecke, weil sie nicht unter Serben wohnten, sondern zwischen den verachteten Kroaten und den bekämpften Bosniern. Da drehten sie einfach durch und mordeten und brandschatzten. Sie werden das noch sehen, wenn Sie durch die Dörfer fahren.

Aber eines ist klar. Hier gibt es kein Volk, das nur Opfer war. Alle haben Rache genommen, wenn sie die Gelegenheit hatten, Serben sowieso, aber auch Kroaten und Bosnier."

„Ich finde es gut, wenn das mal erwähnt wird. Die Serben sind nicht an allem schuld, was hier passiert ist. Manche haben nur ihre Familien verteidigt." Das war Sabine, die sich eingeschaltet hatte.

Mielke war verwundert. Sie war auf alle Fälle die Erste, die nicht immer auf die Serben verwies, wenn es um die Verbrechen in Bosnien ging. Der Diplomat nickte nur kurz und setzte dann fort:

„Nun ist der bosnische Staatspräsident ein sehr schlauer Kopf. Das Busdepot, das zertrümmerte Pressezentrum, die zerstörten Häuser am Flughafen, nichts wurde wieder aufgebaut oder erneuert, obwohl die Mittel zur Verfügung standen.

Nein, alle Besucher sollen auf dem Weg vom Flughafen zum Präsidenten erkennen, wie die Bosnier gelitten haben. Alles hat den Zweck, mehr Hilfsgelder zu bekommen, als die Besucher ursprünglich geben wollten. Nicht dumm, finden Sie nicht auch? Genug davon. Lassen Sie uns essen und über Angenehmeres reden."

Mielke war einverstanden, bat aber darum, den Diplomaten in der EU-Vertretung noch einmal aufsuchen zu dürfen. Es gab auch noch andere Teilnehmer an der Runde. Zum Beispiel Vertreter von NGOs, den Non-Governmental-Organisations, die auf Privatinitiative hierher gekommen waren, um den Menschen zu helfen, wie „Ärzte ohne Grenzen".

Etwa 20 Personen sammelten sich um den Tisch und Sabine stellte sicher, dass Mielke neben ihr seinen Platz fand.

Der Wirt tischte riesige Fleischplatten mit Hacksteak (Lamm), Cevapcici, Hähnchenspieß, Leber, Salat mit reichlich Knoblauch und Gemüsezwiebeln auf. Dazu gab es natürlich Reis und Fladenbrot. Wer wollte, trank Wein dazu. Mielke blieb bei Mineralwasser, schließlich musste er noch zurückfahren. Aber einen Slivovitz gönnte er sich auch.

Gegen 21.00 Uhr brach die Versammlung auf, nachdem jeder eine lächerliche Rechnung von 10 DM bezahlt hatte. Mielke bot Sabine natürlich an, sie nach Hause zu bringen, was sie dankbar annahm. Sie wohnte in der Nähe des Zetra-Stadions, das Mielke noch lebhaft in Erinnerung hatte. Er war auch darauf vorbereitet, in die Wohnung gebeten zu werden und murmelte Dank und leider Ablehnung, da es noch ein weiter Weg zurück sei und er am nächsten Tag wichtige Aufgaben zu erledigen hatte. Sabine blickte etwas ungläubig, musste ihn aber ziehen lassen. So machte er sich auf den Weg, dem Gefühl nach in Richtung Westen. Leider hatte er keinen Kompass dabei, der aber auch nicht geholfen hätte, denn er musste auf den Straßen bleiben. Da die Stadt völlig im Dunkeln lag, war es nicht leicht, die Himmelsrichtung einzuhalten. Plötzlich tauchten im Licht der Scheinwerfer zerstörte Häuser mit zerborstenen Fensterscheiben und umgekippte Autos auf. So etwas hatte Mielke auf der Hinfahrt nicht bemerkt, er musste sich verfahren haben.

Vielleicht war er gerade im serbischen Teil von Sarajevo gelandet, eine Gegend, in die er auf keinen Fall wollte.

„So ein Mist, jetzt einen anständigen Kompass und am besten noch eine Seekarte, dann wüsste ich Bescheid", fluchte er.

Aussteigen wollte er auf keinen Fall, aber orientieren musste er sich. Im Handschuhfach fand er eine Taschenlampe. Er öffnete vorsichtig das Fenster und leuchtete in die Ecken, die nicht vom Scheinwerfer erfasst wurden. Was er sah, war wenig hoffnungsvoll. Nicht nur Trümmer und zerborstene Metallteile lagen auf der Straße, sondern auch Stacheldraht, immer ein Zeichen von drohenden Minen. Er legte den ersten Gang ein und fuhr ganz vorsichtig auf den Draht zu. So konnte er nun zumindest bis dahin, wo er anfangs gehalten hatte, langsam in einer Kurve zurück setzen. Nach zwei weiteren Drehungen hatte er es geschafft. Jetzt konnte er den Berg wieder hinab fahren in die Gegenrichtung. An seiner rechten Seite tauchten Reste eines Geländers auf.

Es konnte sein, dass er versehentlich auf der beschädigten Brücke die Miljacka überquert hatte. Vorsichtig fuhr er nun über die völlig dunkle Brücke zurück und hoffte, wieder auf der bosnischen Seite zu sein. Jetzt musste er nur noch die Hauptstraße in Richtung Westen finden. Er bog an einer breiteren Straße nach links ab und atmete auf, als er die Trümmer der Tabakfabrik vor sich erkannte. Nun war alles leicht, auch die Abfahrt nach Ilidza und kurz nach 22.00 Uhr passierte er das Tor zum Hauptquartier. Die Wachposten aus Norwegen kontrollierten wie bei der Ausfahrt sehr gründlich seine Papiere, denn so spät kam kaum noch ein Auto durchs Tor. In dem Kasino war auch schon Ruhe und Mielke war froh, in seinem Zimmer zu sein, immer noch ohne seine Mitbewohner.

Morgen würde er Inge einen Brief schreiben und auch versuchen zu telefonieren. Man hatte ihm gesagt, dass jeder Angehöriger des Hauptquartiers einmal in der Woche über eine Dienstleitung anrufen dürfte. Das Gespräch wurde immer über das NATO-HQ Heidelberg geleitet und von dort ins öffentliche Telefonnetz. Hoffentlich war Inge dann zu Hause. Mit diesen Gedanken schlief er ein, froh auch darüber, sowohl der Bedrohung Sabine als auch der Bedrohung einer nächtlichen Irrfahrt zumindest heute entronnen zu sein.

Neuntes Kapitel

Am nächsten Morgen klingelte zum ersten Mal das Telefon an seinem Arbeitsplatz. „J-5, Commander Mielke speaking", meldete er sich.

„Karsten, hier ist Sabine. Ich glaube, ich habe gestern in deinem Auto eine schwarze Mappe vergessen. Hast du die gefunden?"

„Nein, Sabine, aber ich habe auch nicht danach gesucht. Ich gehe sofort und schaue nach. Da ich noch nicht weiß, wie ich hier ins öffentliche Netz telefonieren kann, schlage ich vor, dass du mich in etwa einer Stunde wieder anrufst."

„Das mache ich bestimmt. Die Unterlagen in der Mappe sind sehr wichtig für mich. Es wäre eine Katastrophe, wenn sie nicht in deinem Auto sind. Ich wüsste dann nicht, wo ich noch weiter suchen soll." Sabine schluchzte.

„Ach Sabine, das wird schon gut. Denk mal an den scharfen Bremser gestern Abend, vielleicht ist die Mappe da unter den Sitz gerutscht. Ich gehe gleich los und suche sie."

Tatsächlich fand Mielke im Auto unter dem Beifahrersitz eine schwarze Mappe mit mehreren Blättern, alle in serbokroatischer Sprache, mit Maschine geschrieben. Einige Anmerkungen in Bleistift waren zu erkennen, aber verstehen konnte Mielke natürlich nicht, was da stand.

„Ist doch merkwürdig, wenn Sabine sagt, sie könne diese Sprache nicht, hat aber solche Unterlagen bei sich, die auch noch wichtig sind", dachte er. An seinem Schreibtisch untersuchte er die Blätter etwas gründlicher. Des Öfteren tauchte der Begriff „Republika Srpska" auf, die offizielle Bezeichnung des serbischen Teils von B-H. Nun gut, das könnte alles mit den Wahlen zu tun haben, für die ja die OSZE zuständig war. Aber auf dem dritten Bogen wurde auch AK-47 erwähnt. Das war doch das Sturmgewehr des Ostblocks und gehörte kaum zur Vorbereitung von Wahlen. Mehrfach kamen auch die Worte „prenos" und „oruzje" und „teretnac" vor.

Diese Worte wollte Mielke sofort im Wörterbuch nachschlagen. Prenos hieß Transport, oruzje war Waffe und teretnac war das Wort für Lastwagen. Noch immer konnte das mit den Wahlen zusammenhängen, aber nun war Mielke sehr verwirrt und beschloss, sich Kopien von diesen Blättern zu machen. Wenn alles harmlos war, würde er sie einfach vernichten.

Als Sabine wieder anrief, war sie so erfreut, dass sie ihn sofort zum Essen einladen wollte, aber Karsten musste absagen. So trafen sie sich am frühen Nachmittag beim Eingang zum HQ SFOR zur Übergabe. Karsten machte das Versprechen, demnächst wieder bei der OSZE vorbeizuschauen. Dann würde sie sich gebührend bedanken.

Sehr schnell stellte Karsten fest, dass bei diesem Papier der gesunde Menschenverstand nicht weiterhalf. Da musste ein professioneller Übersetzer heran, ohne die Beziehungen zur OSZE zu gefährden. Es blieb nur die GENIC und damit sein Freund Mike, der sicher helfen konnte.

So brachte er bei der nächsten Gelegenheit Mike die Kopie der Papiere, die Sabine in seinem Auto verloren hatte. Gemeinsam schlugen sie noch einmal im größeren Wörterbuch der GENIC nach, welche Bedeutung die drei Worte hatten. Das gleiche Ergebnis: Prenos war Transport, oruzje Waffe und teretnac bedeutete Lastwagen. Mike versicherte ihm, es sei richtig gewesen, eine Kopie anzufertigen und sie ihm zu geben. Vertrauensbruch würde er nicht erkennen, ein schlechtes Gewissen gegenüber Sabine sei nicht angebracht.

Bereits am folgenden Tag rief Mike wieder an und bat um eine Besprechung möglichst bald bei der GENIC. So trafen sich die Freunde am Nachmittag im Büro von Mike, der sofort zur Sache kam:

„Karsten, was du mir da gegeben hast, ist sehr brisant, wenn es den Tatsachen entspricht. Es handelt sich um den Entwurf eines Vertrages zwischen der serbischen Republik hier in B-H und dem MfS der ehemaligen DDR. Offensichtlich sollen Waffen aus geheimen Lagern des MfS hierher geliefert werden. Es wird auch ein Lager hier in der Nähe erwähnt, wo die Waffen abgeladen und dann weiter verteilt werden sollen.

Wie nun die Dame Sabine ins Spiel kommt, ist momentan völlig unklar. Wir wissen den Namen Sabine Berger und den Arbeitsplatz hier bei der OSZE. Wir werden sie mal durch unsere Dateien laufen lassen und sehen, was dabei herauskommt. Du musst nun den Kontakt halten, aber wir verlassen uns auf dein Gespür und deine Erfahrung in diesem Geschäft. Hast du Fragen?"

Mielke hatte keine Fragen, wunderte sich natürlich, wie ein so unscheinbares Mädchen wie Sabine in Waffenschiebereien passen konnte und versprach, Mike auf dem Laufenden zu halten.

* * * *

Mielke fühlte sich wohl bei J-5. Nicht zuletzt, weil er sich nicht um die Planungen für Einsätze in Bosnien zu kümmern hatte, denn davon verstand er ja nichts. Vielmehr gestaltete er seine Arbeitstage als Ansprechpartner seiner Abteilung für Organisationen außerhalb des HQ selbst. Auch an den internen Besprechungen der Führungsgruppe von SFOR ließ ihn Gavenne teilnehmen, denn nur er hatte einen solchen Exoten zu bieten. Außerdem stellte Mielke Fragen, die einem Heeresoffizier nie eingefallen wären, da sie als Insubordination missverstanden werden könnten. Das gefiel nicht nur seinem General Gavenne, sondern auch dem deutschen Chef des Stabes, General Böckle. Der nickte öfter erfreut, wenn ausgewachsene Abteilungsleiter herumstotterten, um Fragen, die sie für unnötig hielten, zu beantworten.

So brachte die Konferenz am Sonntag, dem 09. März die Information, dass der Papst am Ostersonntag 1997, also in vier Wochen, eine Messe in Sarajevo halten wolle. Eine öffentliche Veranstaltung unter freiem Himmel in einer Stadt, die von allen Katholiken in Richtung Kroatien und von allen orthodoxen Christen in Richtung

Serbien verlassen worden war. Wer wollte das und wer hat den Papst eingeladen? Das Hauptquartier SFOR sicher nicht. Aber nachdem der Papst seinen Wunsch geäußert hatte, musste SFOR für Sicherheit sorgen, nicht nur für den Papst sondern auch für erwartete 60 000 Kroaten aus Mostar und Umgebung.

„Grauenvoll", sagte Gavenne auf dem Rückweg, „wenn da was schief geht, ist nur SFOR Schuld, obwohl wir den Papst nicht eingeladen haben und Soldaten grundsätzlich keine guten Polizisten abgeben. Schließlich haben wir nur tödliche Waffen bei uns und brauchten Hunde und Gummiknüppel. Aber da kommen wir wohl nicht heraus. Karsten, da lassen wir mal unsere Italiener ran, die können mit Rom sprechen und in einer Woche uns eine Abschätzung des Aufwandes liefern. Machen Sie das gleich jetzt."

„Gerne, Herr General, aber eigentlich müsste das doch Joe Buckett als Ihr Stellvertreter machen. Ich werde ihn informieren."

„Nein, nein, Joe wird Mitte April versetzt, ich werde Sie dann zu meinem Stellvertreter machen und zwar ab 1. April. Kein Aprilscherz!"

Zurück im Büro machte sich Mielke auf die Suche nach seinen beiden Majoren aus Italien, Mario und Fausto. Beide fröhliche Kameraden, die sehr genossen, nicht in Ilidza untergebracht zu sein, sondern in einer alten Kaserne mitten in der Stadt, von wo sie morgens mit dem Bus ins HQ gebracht wurden. Doch Mielke konnte sie nicht finden, bis ihm der Hauptfeldwebel der Administration von J-5 sagte: „Herr Kapitän, am Sonntag gehen die Herren aus Italien immer zur Messe in die Kathedrale. Dann ist Mittagessen mit dem italienischen General und anschließend, so sagten sie mir, lohnt es nicht mehr, nach Ilidza zu fahren, besonders da der Routinebus am Sonntag nicht fährt."

„Diese Italiener", dachte Mielke, „Lebensqualität steht bei ihnen ganz oben. Vielleicht sollte man sich da eine Scheibe abschneiden." Er sagte aber nichts und dankte dem Hauptfeldwebel für die Auskunft.

Joe Buckett hatte schon von den Plänen seines Generals gehört und, wie er Mielke andeutete, sich dafür ausgesprochen, ihn zu seinem Nachfolger zu machen.

„Wir sind ja hier sehr auf das Heer fixiert, vielleicht tut da ein neuer Wind ganz gut. Den wirst du sicher bringen und es schadet auch nicht, den Chef des Stabes auf deiner Seite zu haben. J-5 macht ja Grundsatz, warum nicht unter einem Mariner, auch wenn die Haupttätigkeit des HQ beim Heer bleiben wird. Aber du hast ja hier etwa 35 Heeresoffiziere, die du fragen kannst. Zu den cleveren gehört ja auch Andreas, der Nachfolger von Paul, der leider wegen Krankheit nicht mehr zu SFOR kommen konnte."

„Das fällt mir jetzt erst auf", sagte Mielke, „aber ich hatte ihn auch nie gesehen."

„Deine Hauptaufgabe wird sein, wie ich es sehe, für mich ein rauschendes Abschiedsfest zu organisieren, bevor ich mich hier Mitte April verabschiede", lachte Buckett und ging seiner Wege.

* * * *

Das Gespräch mit Mario und Fausto später verlief sehr einseitig. Beide waren sich wohl im Klaren, die Situation ausgenutzt zu haben und versprachen Besserung. General Gavenne würde schließlich am Ende ihrer Zeit im HQ SFOR eine Beurteilung schreiben, die von seinem Stellvertreter vorformuliert war. Mielke war also sehr wichtig für ihr berufliches Fortkommen.

Der englische Major David Frost saß an diesem Montagnachmittag an seinem Schreibtisch und schrieb einen Brief nach Hause. Er zeigte Mielke das Papier, dünn wie Luftpostpapier von früher, zweimal gefaltet, geklebt und mit Adresse versehen, konnte es in den Briefkasten des englischen Anteils im HQ in der Lobby des Hotels geworfen werden. Der Brief würde dann kostenfrei überall in der Welt ausgeliefert werden. Ein lobenswertes Beispiel von Fürsorge für die Soldaten, fand Karsten.

Frost bot ihm einen „Bluey" an und meinte, der würde auch in Kiel ausgeliefert. Mielke nahm das Blatt, setzte sich an den eigenen Schreibtisch und schrieb an Inge. Vielleicht würde er verloren gehen, aber einen Versuch war es immer wert. Gegen 19.00 Uhr kam Gavenne und gab Mielke seinen Büroschlüssel, da er nicht wusste, wann er zurück sein würde. Sollte sein designierter Stellvertreter das Bedürfnis nach Privatsphäre haben, könne er gern das Büro nutzen, um mal die Frau anzurufen, denn er habe einen direkten Postanschluss und auch Satellitenfernsehen.

Das ließ sich Mielke nicht zweimal sagen und saß am Abend nach dem Essen im komfortablen Sessel seines Generals und wählte seine Nummer in Kiel. Nach dem zweiten Rufton antwortete Inge und wollte gar nicht glauben, ihren Karsten am Telefon zu haben. Sie freute sich schrecklich über den Anruf. Karsten bedeutete ihr, sie könnten unendlich lange telefonieren, ohne Unterbrechung durch die militärische Vermittlung. Das waren viel bessere Bedingungen als in der Telefonzelle im Hotel zu sprechen, wo der Anruf über das Militärnetz nach Heidelberg und dann ins Postnetz nach Kiel geleitet wurde.

Inge sagte auch, sie wolle versuchen, über Ostern nach Sarajevo zu kommen. Bis Zagreb in Kroatien war es kein Problem, aber dann vielleicht mit dem Bus weiter. Karsten war begeistert, hielt aber die Übernachtungsmöglichkeiten hier für sehr begrenzt. Vielleicht wäre es besser, wenn er versuchte, über Ostern nach Zagreb zu kommen. Er würde das mal eruieren.

Mielke hatte sich eine angebrochene Flasche Wein vom Essen mitgenommen und keine Lust, in der Unterkunft allein oder im Kasino mit vielen zu sitzen. So schaltete er den Fernseher an, wechselte von den französischen Kanälen zum ZDF und war überrascht, sich im Montags-Krimi wieder zu finden.

„Dann kann ich ja noch das Heute-Journal sehen", hoffte er und wurde nicht enttäuscht. Voll mit aktuellen Informationen von Politik, Kultur und Sport aus der Heimat, mit geleerter Flasche, zog er sich in sein Zimmer zurück.

„Rank has its privileges", freute er sich und hoffte, öfter im Zimmer seines Generals Telefon und Fernsehen nutzen zu können.

* * * *

Bereits am nächsten Tag begann Mielke zu eruieren, ob und wie er sich über Ostern mit Inge treffen konnte. Ein Besuch in Sarajevo war ziemlich ausgeschlossen. Es gab nur noch das Holiday Inn Hotel in der Innenstadt, das aber völlig überlaufen war, da alle Besucher dort Quartier bezogen. Also blieb nur Zagreb, das als Hauptstadt des unabhängigen Kroatiens bereits gewisse Hotelkapazitäten hatte und außerdem völlig unzerstört war. Eine Flugverbindung Sarajevo – Zagreb mit Maschinen der NATO existierte mehrmals täglich. Mielke musste nur noch einen guten Grund finden, kurz vor Ostern dorthin fliegen zu können. Es bot sich der Routinebesuch in Ost-Slavonien an, der zu dieser Zeit stattfinden sollte. Bis dahin hatte J-5 noch Zeit, die Planungen für den Papstbesuch abzuschließen und sie den entsprechenden Abteilungen weiterzugeben, denn man war nicht mit der Durchführung des Besuches direkt betroffen.

General Gavenne stimmte zu und wollte selbst mit nach Vukovar fliegen. Mielke beantragte nun die jedem Angehörigen des Hauptquartiers zustehende R+R Zeit, also „Rest and Recreation" von 96 Stunden für jedes Quartal im Einsatzgebiet. Da ein Flug nach Ost-Slavonien immer über Zagreb gehen musste, obwohl man im Direktflug viel schneller wäre, bestand die Möglichkeit, dort auszusteigen und mit dem Shuttle-Flugzeug nach dem Kurzurlaub zurück nach Sarajevo zu fliegen. So wurde es geplant, mit Inge abgesprochen, und der SFOR-Stab in Zagreb um Buchung eines Hotels gebeten. Es passte alles gut, denn Inge kam nur eine halbe Stunde nach

Karsten in Zagreb an. Lediglich General Gavenne guckte verblüfft, als Mielke in Zagreb aus dem Hubschrauber kletterte und ein frohes Osterfest wünschte.

„Wer hat denn das genehmigt?", fragte Gavenne sichtlich irritiert, „Sie, mon General", antwortete Mielke, „letzte Woche." Gavenne schüttelte nur den Kopf, wünschte aber auch ein schönes Osterfest.

Das Hotel in Zagreb war angemessen und Familie Mielke genoss die Zeit in vollen Zügen. Sie gingen ins Nationalmuseum, fuhren mit der Straßenbahn, soweit es ging, und saßen jeden Nachmittag in ihrem Lieblingscafé, tranken Kaffee, aßen leckeren Kuchen und genossen immer einen Slivovitz hinterher.

Am Ostermontag gegen Mittag flog Inge zurück nach Deutschland und Karsten begab sich zum militärischen Teil des Flughafens, um den nächsten Flieger nach Sarajevo zu nehmen. Alles verlief unproblematisch, der NATO-Ausweis reichte als Legitimation und Flugticket und vom Flughafen Sarajevo konnte man natürlich auch mit einem Bus ins Hauptquartier nach Ilidza fahren.

Im Kasino hörte er dann, wie der Besuch des Papstes verlaufen war. Die vorgesehenen Straßen für die Ankunft und Abfahrt der katholischen Besucher waren gut gesichert, es gab keine Zwischenfälle. Nur ein Munitionsfund an einer Brücke, über die der Papst ursprünglich fahren sollte, sorgte für Aufregung. Die Presse machte daraus sofort einen Anschlag auf den Papst, aber in Wahrheit hatte ein Bäuerlein Munitionsreste von seinem Feld gesammelt und am Straßenrand abgelegt.

Da aber das Papamobil sowieso nicht nach Sarajevo gebracht werden konnte, beschloss man, den hohen Gast mit dem Hubschrauber des Befehlshabers und entsprechendem Geleitschutz von Mostar direkt nach Ilidza zu fliegen.

Also alles war gut gelaufen, aber J-5 hoffte auf die Einsicht ranghoher Persönlichkeiten, auf solche Besuche künftig zu verzichten.

Zehntes Kapitel

Die übliche Routine an Wochentagen begann mit der internen Besprechung um 08.00 Uhr zu den anstehenden Themen. Joe Buckett leitete sie in Abwesenheit von Gavenne und machte das nach Mielkes Ansicht sehr professionell. Alle Offiziere von J-5, die für bestimmte Aufgaben verantwortlich waren wie Wahlvorbereitung, Gäste im HQ, Fortschreibung der Pläne für Ost-Slavonien und allgemeine Angelegenheiten teilten mit, was sie in der letzten Woche erreicht hatten und was sie für diese Woche planten.

Wichtigster Punkt der allgemeinen Angelegenheiten war die Festlegung, Karsten und einen weiteren Mitarbeiter mit der Suche nach dem Restaurant zu beauftragen, in dem der Abschied von Joe Buckett gefeiert werden sollte. Diesen Auftrag nahm Karsten gerne an. Er hatte auch die besten Möglichkeiten, da er unabhängig war und über ein Auto verfügte.

Um 10.00 Uhr begann die Stabsbesprechung des HQ, zu der Buckett Mielke mitnahm, denn er sollte nach der Entscheidung des Generals demnächst J-5 repräsentieren. General Böckle schien verwundert, Mielke hier wieder zu sehen, freute sich aber sichtlich, einen weiteren Deutschen im Kreise der Entscheidungsträger vorzufinden. Wieder trug er seine Panzerkombi, wieder sah er wie eine Leberwurst aus. Die Leitung hatte der englische Stellvertreter des Oberbefehlshabers. Der Generalleutnant konnte sich bei der Vorstellung von Mielke in diesem Kreis nicht verkneifen zu bemerken, dass nun auch hier „the bloody German Submarines" auftauchten. Trotzdem begrüßte er ihn freundlich. Vielleicht seine Art von Humor. Mielke nahm es locker, aber General Böckle zog hörbar den Atem ein.

In einer Kaffeepause wandte sich Mielke an den deutschen SECCOS und fragte ihn, ob er keinen Einfluss auf seinen General habe, was die Kleidung betraf.

Der SECCOS seufzte und sagte: „Herr Mielke, ich habe das Thema schon mehrfach angesprochen, aber der General will nicht hören. Er ist halt ein Panzerfahrer und fürchtet wohl, man würde ihm das nicht mehr glauben, wenn er sich normal anzieht. Reden Sie doch mal mit der Frechheit der Marine mit ihm, vielleicht hört er auf die kleinste Teilstreitkraft."

Das wollte Mielke erst einmal nicht versprechen.

Nach der Pause trug ein amerikanischer Major zur Verbesserung der Landwirtschaft in Bosnien vor und jetzt konnte der Chef des Stabes kaum an sich halten. Denn der eisgraue Major sprach im breitesten Texanisch, nur ganz schwer verständlich. Mielke hatte bei der Vorstellung mitbekommen, dass der Major als Reservist von der Army einberufen worden war, da er als echter Farmer etwas von Landwirtschaft verstand.

Aber Böckle war nach der Besprechung noch schwer erbost. „Das ist eine Unverschämtheit, so ein Vortrag. Den lasse ich disziplinar bestrafen! Was bildet der sich ein. Dies ist ein internationales HQ, in dem von allen erwartet werden kann, sich verständlich auszudrücken. Das ist nichts anderes als Respektlosigkeit!"

„Herr General", warf Mielke ein, „das ist ein Bauer, den sie zur Wehrübung einberufen haben. Ich hatte an Bord auch Matrosen aus dem Bayrischen Wald, die ich nie verstanden hätte, wäre mir nicht ein Hesse zur Hilfe gekommen. Das haben Sie doch auch schon erlebt."

Böckle verstummte, dachte kurz nach und nickte dann. „Sie haben Recht, Karsten. Vielleicht kann er wirklich nicht anders, so wie mein Fahrer aus Ostfriesland, den ich in Thüringen hatte."

* * * *

Später in der Woche rief Mike noch an und bat um ein Gespräch, wieder in der GENIC, bei dem es um Photos gehen sollte. Mielke war gespannt.

„Wir haben den möglichen Lagerplatz für die Waffen im Auge behalten und tatsächlich am Dienstag eine Gruppe, die sich in dem Objekt umsah, fotografieren können. Vielleicht kannst du ja jemanden erkennen."

Das Bild, das über den Tisch gereicht wurde, war groß, aber nicht besonders scharf. Auf den ersten Blick waren es lauter Unbekannte, die sich da unterhielten. Doch auf den zweiten Blick erkannte Mielke eine Person, die er vor Jahren mal in Berlin getroffen hatte.

„Also Mike, der kleine Mann hinten links ist wahrscheinlich ein gewisser Saulus, den ich in Ostberlin traf, als ich vor Jahren hinter dem Spion bei der Marine her war. Erinnerst du dich?"

„Was, das ist aber ein Zufall. Dein Saulus hier in Sarajevo? Bist du sicher?"

„Ich denke schon. So ganz sicher kann man ja nie sein. Und wenn ich mir Saulus noch genauer betrachte, ist hinter ihm eine weitere Gestalt zu erkennen, aber ziemlich undeutlich. Diese Person trägt einen Pullover mit auffälligem Muster, wie ihn auch Sabine hat. Hast du denn schon was über sie herausgekriegt?"

„Ja, Sabine Berger heißt eigentlich Sabine Antic, hat aber den Namen ihres Vaters abgelegt und den Geburtsnamen der Mutter übernommen, als sie sich bei der OSZE bewarb. Sie spricht vermutlich die Landessprache. Ihre Eltern sind geschieden, die Mutter lebt im Ruhrgebiet, der Aufenthaltsort des Vaters ist seit 1993 unbekannt. Vielleicht ist er auf den Balkan zurückgekehrt."

Elftes Kapitel

Da der folgende Sonntag mit der ersten Besprechung um 09.00 Uhr im Führungsstab SFOR keine direkten Aktionen von J-5 verlangte, beschloss Mielke, sich ein wenig in der Umgebung von Sarajevo umzusehen. Also rief er seinen Freund Mike an, der auch Zeit hatte und sich freute, Karsten ein wenig Landschaft und Kultur zu bieten. Sie nahmen den Dienstwagen von Mielke, den Renault mit dem kroatischen Kennzeichen. Natürlich trugen sie Uniform, also Kampfanzug mit Schiffchen und die geladene Pistole am Gürtel. Außerdem gab es ja auch einiges wegen Sabine zu besprechen.

Mike schlug vor, zunächst in die Berge rund um Sarajevo zu fahren, um sich die Stellungen anzusehen, von denen aus während des Kriegs die serbischen Soldaten auf das Stadtzentrum geschossen hatten. Mielke war einverstanden.

Zunächst ging es ins Zentrum, dann über den Fluss auf einer halb zerschossenen Brücke und weiter durch einen völlig zerstörten Stadtteil. „Ich glaube, ich bin hier schon mal im Dunkeln längs gefahren", bemerkte Mielke.

„Kann schon sein. Das ist die neue Straße, die hinauf zu den Bob- und Rodelbahnen bei Olympia 1984 führte", antwortete Mike. „Davon ist natürlich nichts mehr zu sehen. Aber hier haben sich Serben und Bosnier erbitterte Häuserkämpfe geliefert. Die Bosnier wollten unbedingt die Anschläge auf die eigene Bevölkerung verhindern und die Serben auf keinen Fall diesen Stadtteil aufgeben, der strategisch viele Vorteile bot. Der Feind auf der anderen Seite der Brücke und eine beherrschende Stellung auf dem Berg darüber. Aber aussteigen sollten wir hier auf keinen Fall. Überall Sprengfallen, Minen und weiß der Teufel was. Wird noch lange Zeit dauern, bis sich hier jemand hineintraut."

„Mensch, Mike. Du von der Luftwaffe und ich von der Marine sitzen hier im Fleckentarnanzug in einer Kampfzone, in der Infanteriegefechte stattfanden und klopfen kluge Sprüche zur strategischen

Bedeutung von Hügelketten. Hättest du dir das vorstellen können? Was ist aus der Bundeswehr geworden?"

„So ist es, Karsten, das verlangt die neue Zeit von uns."

An einer betonierten Aussichtsplattform konnten sie aussteigen. Von hier hatte man einen sehr schönen Blick auf die Innenstadt von Sarajevo, auf die Straßenschluchten, die Märkte und Kirchen. Aber die vielen zerschossenen Häuser wirkten sehr bedrückend, wenn man bedachte, dass von hier oben jeder Schuss mit einer Panzerkanone ein Treffer sein musste. Schweigend und mitunter kopfschüttelnd betrachteten die beiden Deutschen die verwundete Stadt, in der sie beide Dienst taten, um eine Wiederholung dieses Verbrechens zu verhindern.

„Weißt du was", schlug Mike vor, „jetzt sind wir reif für ein wenig Schönheit. Wir fahren nach Pale, da sieht es noch aus, wie es hier vor dem Krieg überall aussah".

„Da bin ich total mit einverstanden", antwortete Karsten. „Soll sich nicht Karadzic dort aufhalten?"

„Ach, da gibt es unzählige Gerüchte, wo dieser Hund sich aufhalten soll. Bisher ist er noch nicht geschnappt worden und ich glaube auch nicht, dass man ihn hier in Bosnien erwischen wird. Pale ist natürlich eine Hochburg der Serben, aber wir von SFOR haben die Macht hier und sollten ruhig mal wieder Flagge zeigen."

Das fand Mielke auch und so fuhren sie zurück in die Stadt und dann in östlicher Richtung weiter am Ufer der Miljacka entlang. Hinter den Trümmern der Bibliothek kamen sie auch an dem Restaurant vorbei, in dem Mielke mit den Deutschen vor einigen Tagen gefeiert hatte. Der Autoverkehr nahm ab und im Tunnel, der nach Pale führte, waren sie allein.

Die serbische Teilrepublik in Bosnien begann unmittelbar hinter dem Tunnel, wenige Kilometer vor Pale. Sie wurden sofort gestoppt von einem Mann, der mitten auf der Straße stand. Aus Zelten am Straßenrand eilten weitere, meist junge Männer herbei.

Ein Auto mit kroatischem Nummernschild hier war für sie wohl der Höhepunkt der Provokation. Doch der Mann mitten auf der Straße winkte aufgeregt, als er zwei deutsche Offiziere in diesem Auto erkannte und gab sofort den Weg frei.

„Wenn das eine Straßensperre war, dann ist sie illegal und wird nicht geduldet", sagte Mike, der mehr Erfahrungen außerhalb Sarajevos hatte. „Deshalb auch das verzweifelte Winken und die sofortige Freigabe des Weges."

Sie fuhren langsam weiter.

„Natürlich wurde unsere Fahrt in Richtung Pale durchgegeben", fuhr Mike fort. „Wenn Herr Karadzic hier sein sollte, wird er sich mit Sicherheit nicht zeigen. Vielleicht kriegen wir auch Begleitung, kannst ja mal drauf achten, ob dir was auffällt, aber die ist genau so illegal, bloß schwieriger zu beweisen."

Nach wenigen Kilometern lag Pale vor ihnen. Ein Bild, als wenn man in der Schweiz wäre. Saftige Wiesen, hübsche Holzhäuser und eine orthodoxe Kapelle im Zentrum. Sie parkten ihren Wagen am Straßenrand und erkundeten den Ortskern. Alles war ruhig, keiner störte sie. Doch man konnte erkennen, dass sich sofort einige Bewohner um ihren Wagen versammelten, wahrscheinlich wegen des kroatischen Kennzeichens. Hier war ein Mann in schwarzer Lederjacke verantwortlich. Er sorgte offenbar dafür, dass das Auto nicht beschädigt oder gar gestohlen wurde. Das hätte wohl schnell eine Reaktion der SFOR-Truppen hervorgerufen und war sichtlich nicht im Sinne der serbischen Führung hier in Pale.

Der Höhepunkt ihres Spazierweges war die Kapelle, strahlend erleuchtet mit vielen Kerzen. Die Wände waren bedeckt mit goldenen Ikonen. Man spürte die tiefe Religiosität der Serben. Außer ihnen befand sich kein Mensch in der Kapelle, der Gottesdienst war offenbar schon vorbei. Beeindruckt verließen Mike und Karsten diese Stätte und fragten sich, wie das Morden Unschuldiger mit den christlichen Geboten der Nächstenliebe zu vereinbaren war. „Vielleicht ist das Töten der Feinde in ihrer Auffassung sogar eine christliche Tat", dachte Karsten laut. „Nun brauche ich erst einmal einen

Kaffee. Vielleicht gibt es hier so etwas wie ein Café."

Das fanden sie auch in der Nähe. Das Gemurmel der anderen Gäste hörte schlagartig auf, als sie die Uniformen der beiden sahen. Mike kannte das schon und strebte sofort auf einen freien Tisch am Fenster zu. Der Wirt erschien schnell aus dem Hintergrund, verstand auch den Wunsch nach Kaffee und war gerne bereit, statt der 10 Dinare eine D-Mark für zwei Tassen zu nehmen.

Mielke schaute auf die Straße und beobachtete einen dunklen Mercedes, der aus einer Seitenstraße kam und ihnen gegenüber hielt. Aus dem Wagen stieg ein älterer Mann, den Hut tief ins Gesicht gezogen und bewegte sich in die entgegen gesetzter Richtung.

„Nanu, ich glaube, den habe ich schon mal gesehen, der da gerade aussteigt. An seinem komischen Gang habe ich es gemerkt", sagte er zu Mike.

„Ach, das ist ganz bestimmt ein Serbe, kein anderer würde hier freiwillig auftauchen."

„Nee, da klingelt gar nichts bei mir", erwiderte Mielke. „Aber ist ja auch egal, ich verwechsle wohl den Typen mit einem, dem ich schon mal begegnet bin."

Doch es nagte weiter an Mielke. Er war während der Rückfahrt sehr schweigsam und suchte permanent in seinem Gedächtnis nach dem Bild dieses Mannes, aber ohne Erfolg. Mike verstand das aus eigener Erfahrung und so fuhren sie schweigend zurück ins HQ, pünktlich zum Essen, das wie immer am Sonntag reichlich und sehr schmackhaft war. Die Köche wussten, wie wichtig die Mahlzeiten in solchen Lagern waren.

Mielke hatte mit einem der deutschen Soldaten im Küchenteam ein besonderes Ritual. So sprach er ihn auch an: „Na, Smut, was gibt's denn heute und was empfiehlt der Küchenchef?"

Der Angesprochene freute sich immer, wie bei der Marine mit Smut angeredet zu werden und empfahl den Rinderbraten mit Rotweinsoße. Das war Mielke recht und er musste den Deutschen stoppen, nicht zuviel Rinderbraten, Rotkohl und Klöße auf seinen Teller zu häufen.

Es war das Hauptproblem für das Leben im Hauptquartier: Zuviel gutes Essen bei viel zu wenig Bewegung. Mielke sah mitunter amerikanische Soldaten in Sportzeug, aber mit Splitterschutzweste und Kevlar-Helm an der Innenseite des Zaunes joggen. Das war ihm viel zu albern und war auch nur eine Weisung des amerikanischen Kasernenkommandanten für die Amerikaner.

Im ehemaligen Hotel „Terme" gleich neben dem Friseur befand sich sogar ein Fitness-Studio mit Laufbändern, Fahrradautomaten und Rudermaschinen. Das war schon eher etwas für Mielke, aber er hatte noch nicht raus, wann dafür der beste Zeitpunkt war.

* * * *

Der Nachmittag verlief sehr friedlich. Mielke schrieb einen weiteren Brief an seine Inge, wieder in Form des „Bluey". Diesmal malte er einen deutliche 2 auf den Umschlag, auch um Inge die Möglichkeit zu geben, die Briefe, wenn sie denn ankamen, in der richtigen Reihenfolge zu lesen.

Als gegen 17.30 Uhr das Telefon klingelte, erschrak Mielke richtig. Er nahm den Hörer ab und meldete sich: „Commander Mielke, Plans and Policy. Who is speaking?"

Eine raue Stimme antwortete in gebrochenem Deutsch: „Wenn Sie mit Saulus Verbindung aufnehmen wollen, seien Sie am nächsten Sonntag um 13.00 Uhr in der Kirche in Pale. Kommen Sie allein."

Der Hörer wurde aufgelegt.

Saulus? Schon wieder dieser Kerl. Im Herbst 1991 war er in Ost-Berlin mit einem Saulus zusammengetroffen, als er gegen den Willen seines Kommandeurs einen Spion enttarnen wollte. Am Alexanderplatz und später in einer Wohnung hatte er mit eben diesem Saulus gesprochen, der der Führungsoffizier des Spions mit dem Namen Springer gewesen war. (siehe „Strömungen und Untiefen")

Jetzt fiel ihm auch ein, an wen ihn die Gestalt des älteren Mannes, der in Pale aus dem Auto gestiegen war, erinnert hatte. Genau so ging Saulus, der sich ja nicht mit seinem richtigen Namen vorgestellt hatte. Der war also in Pale und wollte ihn sprechen? Merkwürdig, auf alle Fälle aber auch sehr spannend. Er würde sich mit Mike beraten, wie er sich jetzt verhalten sollte und wer eingeweiht werden müsste.

Die erste Frage war, wie Saulus zu seiner Telefonnummer gekommen war, denn sie stand in keinem Telefonbuch.

„Da mach dir mal keine Gedanken. Du siehst doch, wie viele Einheimische in diesem Hauptquartier als Reinigungskräfte, Dolmetscher und Fahrer beschäftigt sind. Außerdem werden die Verbindungsoffiziere der Bosnier, der Serben und der Kroaten über Personalwechsel informiert. Es ist also nicht schwer, die Telefonnummern der einzelnen Offiziere herauszubekommen. Interessanter ist die Frage, wie dein Saulus an diese Informationen kommt. Er muss schon ein ziemlich hohes Tier bei den Serben in Pale sein", erklärte Mike.

„Aber entscheidend ist, ob du der Einladung folgen willst. Ich glaube nicht, dass Saulus mit dir über die alten Zeiten plaudern will oder gar über Waffenschmuggel, denn da hattest du ihn ja so ziemlich auf dem Bild erkannt. Er will etwas anderes. Entweder glaubt er, von dir Informationen bekommen zu können, dich also als Spion anzuwerben oder er braucht deine Hilfe.

Lass mich mal ein bisschen nachdenken."

Mike Habicht schloss die Augen, klopfte mit dem Bleistift auf die Tischplatte und schwieg genau wie Mielke.

„Ja", rief er nach einer Weile aus, „ich habe eine gute Idee. Du solltest nicht gleich auf Saulus reagieren. Mein Vorschlag ist, am nächsten Sonntag nicht in Pale aufzutauchen. Was hast du zu verlieren? Nichts, denn dich treibt ja nur die Neugier, die ich verstehen kann. Lass ihn also zappeln und wenn er wirklich etwas von dir will, dann wird er sich auch melden.

Du sagtest, eine unbekannte Stimme in gebrochenem Deutsch hat mit dir gesprochen? Wenn dieselbe Person noch einmal anruft, sagst du, du willst direkt mit Saulus sprechen und direkt mit ihm verabreden, wo und wann ihr euch trefft.

Schließlich hast du keinen Grund, dich in Gefahr zu begeben. Saulus hast du einmal erlebt, da hat er Dinge geklärt, die sonst schwer zu beweisen gewesen wären. Aber kennst du ihn wirklich? Vielleicht will er dich in eine Falle locken, dich festsetzen und von SFOR für deine Freilassung Dinge fordern, die nicht in unserem Interesse liegen. Wenn du jetzt voreilig deine Bereitschaft zeigst, Karsten, kann man nicht überblicken, was daraus werden kann. Ich kenne deine Vorliebe für schnelle Entschlüsse und kann dich nur warnen.

Sollte Saulus sich tatsächlich melden, dann müssen wir auf nationaler Ebene sehen, was dieser Deutsche auf Seiten von Karadzic und seinen Schergen von dir und damit auch von uns will. Aber soweit sind wir noch nicht. Was hältst du von meiner Einschätzung? Bist du mit meinem Vorschlag einverstanden?"

Mielke schluckte. Er hatte eigentlich mehr Zuspruch von seinem Freund erwartet. Andererseits war ein Freund auch dazu da, einem die Wahrheit zu sagen und bei Licht betrachtet, hatte Mike Recht in seiner Einschätzung, dass ihm gelegentlich die Gäule durchgingen. Wie sollte er es auch Inge erklären, wenn er sich in Gefahr gebracht hätte, nur um seine Neugierde zu befriedigen.

„Ich glaube, du hast Recht, Mike. Ich habe nichts zu verlieren, wenn ich nicht auf Saulus eingehe. Wenn es ihm Ernst ist, wird er sich noch einmal melden."

* * * *

Die nächste Woche verlief ruhig. Mielke hatte genügend Zeit, sich gedanklich mit Saulus und einem möglichen Treffen zu beschäftigen. Was wollte der von ihm? Ein kleiner Klönschnack über alte Zeiten oder vielleicht Abschöpfung eines Bekannten mit guten Verbindungen ins SFOR-Hauptquartier? Das hatte man alles schon erlebt und die Spione des MfS waren sehr gut darin, Quellen abzuschöpfen, ohne dass die Quelle mitbekam, was sie alles ausplauderte. Mielke wusste, er erzählte manchmal mehr als die Gegenseite hören sollte. Seine ganze Laufbahn in der Marine war davon geprägt, seine eigenen Ideen durchzusetzen, nicht immer zu seinem Vorteil.

Hätte aber Saulus ihm nicht die Wahrheit über die Machenschaften von Springer gesagt, wäre er wahrscheinlich mit Schimpf und Schande aus der Versorgungsschule entfernt worden. Vielleicht würde er jetzt ein trauriges Dasein auf einem unattraktiven Dienstposten fristen.

Müsste er also dankbar sein und wollte Saulus jetzt vielleicht die Ernte für seine Offenheit eintreiben?

Fragen über Fragen und keine Antworten, die befriedigen konnten. Dennoch lag Mike wohl mit seinem Vorschlag richtig, ihn von einem spontanen Treffen abzuhalten.

Ansonsten kümmerte er sich um die Unterlagen für den Besuch des Verteidigungsministers aus Rumänien beim Oberbefehlshaber SFOR. Dazu musste er mit dem Verbindungsoffizier im HQ sprechen und auch mit der Mission Rumäniens bei der NATO, um seinen Befehlshaber zu informieren, warum der Minister überhaupt kommt und was er will. Meistens ging es um einen guten Eindruck in der heimatlichen Presse und nicht so sehr um die Fürsorge für die Soldaten. Mielke schrieb in dem Vermerk auch über den Beitrag Rumäniens im HQ SFOR, nämlich die Treibstoffversorgung und die militärischen Tankstellen im Bereich Sarajevo. Alle Autos mussten selbstverständlich nach Abschluss der Dienstfahrt wieder aufgetankt werden und man fuhr zur Tankstelle in der Nähe des Zetra-Stadions, die Tag und Nacht von rumänischen Soldaten bemannt war. Kein einfaches Leben im Benzindunst für die armen Kerle und wohl wert, lobend erwähnt zu werden.

Weiterhin galt es, ein Planungsgespräch mit der internationalen Schutztruppe in Ost-Slavonien vorzubereiten. Denn dieser Bezirk, westlich der Donau gelegen aber von Serbien beansprucht, war zu Beginn des Bürgerkrieges heftig umkämpft. Mielke hatte Bilder von der Hauptstadt Vukovar gesehen, die schlimmer waren als alles, was ihn sonst in und um Sarajevo erschüttert hatte.

Die Grenzregelung für das Gebiet war im Dayton-Vertrag ausgespart und jetzt stand Ost-Slavonien unter der Administration der UNO. Das bedeutete, dass im Falle eines Wiederaufflammens der Feindseligkeiten alle UNO-Mitarbeiter und alle Vertreter von Hilfsorganisationen durch SFOR sicher aus dem Gebiet hinausgeleitet werden mussten.

Als dritte Ablenkung von den Gedanken an Saulus und was da passieren sollte, war der Anruf von Sabine von der OSZE, die unbedingt Karsten zur nächsten Regionaltagung mit nach Mostar nehmen wollte.

„Ich finde es wichtig, Karsten, auch dem Kommando SFOR die Möglichkeit zu geben, Aufgaben und Organisation des Militärs zu erklären und vielleicht sogar eine mögliche Zusammenarbeit zu erörtern. Außerdem ist Mostar eine wirklich schöne Stadt, nicht so hektisch wie Sarajevo. Wir sind auch alle in dem einzigen Hotel mit westeuropäischen Standard untergebracht“, erklärte sie.

„Sabine, das klingt ja sehr interessant. Aber ich denke, ich muss da zunächst die Position der NATO zur Zusammenarbeit mit der OSZE abklären, bevor ich mich schon wieder in Gefahr bringe.“

„Wieso schon wieder?“, fragte Sabine nach.
„Ach, das ist mir nur so herausgerutscht. Hat keine Bedeutung. Sabine, ich melde mich demnächst wieder bei dir.“

„Ist gut“, antwortete Sabine, hörbar enttäuscht. „Ich muss in der nächsten Woche die Teilnehmerzahlen melden, also nicht zu lange warten.“

Zwölftes Kapitel

Der Sonntag kam und die Aufregung stieg, zumindest bei Mielke. Außer Mike wusste keiner, was da vor einer Woche gelaufen war und von ihm würde keiner etwas erfahren. Mielke selbst rief sich mehrfach zur Ordnung, um nicht im Kameradenkreis einige Andeutungen fallen zu lassen.

Am Nachmittag gegen 16.30 Uhr klingelte dann das Telefon und die gleiche, krächzende Stimme sagte: „Warum sind Sie nicht in der Kirche gewesen?"

„Weil ich nicht weiß, ob der Anruf wirklich von Herrn Saulus stammte. Ich muss schon mit ihm persönlich sprechen um herauszufinden, ob Ihr Saulus der Saulus ist, den ich von früher kenne. Sagen Sie ihm das und auf Wiederhören."

Mielke legte auf und guckte herum, ob in dem offenen Bereich von J-5, wo die Räume keine Türen hatten und die Wände aus Sperrholz bestanden, jemand mitgehört haben konnte. Aber keiner war in seiner Nähe. So begab er sich in die GENIC, wo er Mike traf und ihm von dem Gespräch berichtete.

Mike war zufrieden, fuhr dann aber fort: „Karsten, falls sich Saulus oder ein anderer jetzt noch einmal meldet, ist das keine Sache mehr, die wir unter uns Freunden abhandeln können. Dann wird es offiziell und vielleicht eine Angelegenheit, die nach Deutschland zurückgemeldet werden muss. Wenn sich dein Saulus in Pale aufhält und auch noch mit einem Mercedes herumfährt und bei einem möglichen Waffenlager der Serben auftaucht, dann ist er kein freundlicher, unschuldiger Besucher, sondern er hat eine Funktion im Machtgefüge von Karadzic. Das interessiert uns, die NATO, und wohl auch SFOR. Bevor nun weitere Maßnahmen gestartet werden, müssen sie sorgfältig geplant und genehmigt werden, bevor sie durchgeführt werden können.

Als erstes werde ich die Kontaktaufnahme eines Funktionsträgers aus dem Bereich von Karadzic mit einem deutschen Offizier melden. Diese Meldung geht an den MAD zur Weiterleitung an den Koordinierungsausschuss der deutschen Geheimdienste beim Bundeskanzleramt."

„Was, so hoch, Mike? Ist das nicht übertrieben?"

„Glaube ich nicht, Karsten. Erst einmal ist das eine Routinemeldung, von denen viele gemacht werden, aus denen automatisch keine weiteren Aktionen entstehen. Aber wir stellen damit sicher, dass die Angelegenheit als „GERMAN EYES ONLY" läuft und nicht weiter in der NATO verbreitet wird. Wir haben hier auch eine nationale Verschlüsselung, die nicht geknackt werden kann. Das glauben wir zumindest.

Wenn du in einem nationalen deutschen Stab hier in Bosnien wärst, würden wir eine Fangschaltung in dein Telefon einbauen um herauszufinden, von wo mit deinem Apparat telefoniert wurde. Aber das geht nicht bei J-5, dann müsstest du zu viele Fragen beantworten.

Warten wir also ab, ob Herr Saulus, oder wie er heißt, sich noch einmal meldet."

Damit war Mielke natürlich einverstanden und ging zurück zu seinem Arbeitsplatz, denn nur da würde diese Sache weitergehen.

Doch kein Anruf in den nächsten Tagen. Alles blieb ruhig und Mielke konnte sich der normalen Routine widmen. Doch am Mittwoch befand sich in seiner Post neben Informationen der Bundeswehr und einem Brief von Inge ein graubrauner Umschlag, ohne Briefmarke, mit der Anschrift: Kommander Mielke, HQ SFOR, J 5. „Merkwürdig", dachte Mielke und öffnete den Umschlag. Darin befand sich ein Bogen Papier, der mit Bleistift in deutscher Sprache beschrieben war. Mielke hatte einige Mühe, die Schrift zu entziffern. Der Text lautete:

Sehr geehrter Herr Mielke, ich war schon überrascht, Sie am letzten Sonntag in Pale erkannt zu haben. Aber es freute mich auch, denn ich warte seit langem auf so eine Gelegenheit.

Zur Erinnerung: Wir haben uns im September 1991 auf dem Alexanderplatz an der Weltuhr getroffen und uns weiter in einer Wohnung auf dem Prenzlauer Berg unterhalten. Der Name des Kundschafters, dessen Geschichte Sie erfahren wollten, entspricht einer Schachfigur.

Ich bitte Sie ganz dringend, am nächsten Sonntag um 13.00 Uhr in der Kirche in Pale zu sein. Der Pope ist ein Freund von mir und wird sie dahin geleiten, wo ich mit Ihnen sprechen kann. Es ist sehr wichtig für mich und das kann es für Sie und die deutschen Behörden vielleicht auch werden.

Ich hoffe, Sie am Sonntag in Pale zu sehen. Bitte kommen Sie allein und möglichst nicht in einem Auto mit kroatischem Kennzeichen.

Ihr Karl-Heinz Gramatzky, alias Saulus

Nun war alles klar für Mielke. Er erinnerte sich gut, wie ihn Saulus, oder jetzt Gramatzky, vor sich um den Alexanderplatz geführt hatte, um etwaige Beobachter zu entdecken. Später saßen sie gemeinsam in der Wohnung der zweiten Frau Springer.

Natürlich würde er versuchen, am nächsten Sonntag nach Pale zu fahren, aber sicherlich nicht allein. Das müsste er mit Mike besprechen. Sofort rief er ihn an und verabredete sich für den Abend nach dem Essen mit ihm. Wegen ihrer Freundschaft würde nicht auffallen, wie oft die beiden zusammen waren.

Mielke brachte den Brief mit und sie gingen in die GENIC, wo Mike zunächst einige Kopien anfertigte, für sich, für die Weiterleitung nach Deutschland und auch für Mielke. Anschließend fragte Mike den Computer der Nachrichtendienste nach dem Namen Gramatzky ab und wurde auch fündig.

Ein Karl-Heinz Gramatzky war bis zur Wende hauptamtlicher Mitarbeiter des MfS, hatte eine Ausbildung beim KGB in Moskau bekommen und war hauptsächlich in der Auslandsspionage tätig gewesen. Sein Einsatzbereich war zunächst in Südosteuropa, dann auch in der Zentrale in Berlin. Laut Personalbogen sprach er serbokroatisch und natürlich auch russisch. Nach der Wiedervereinigung hatte er sich nicht um eine Weiterverwendung bemüht, sondern war nicht mehr aufgetaucht. Auch das Melderegister von Berlin zeigte keine Eintragungen.

„Das klingt alles sehr normal", sagte Mike, „solche Lebensläufe haben wir häufig vorgefunden. Eigentlich müsste so jemand von der Sozialfürsorge leben, aber es gibt immer noch Netzwerke für die Ehemaligen des MfS, die sie unterstützen und in die wir noch nicht hineingekommen sind.

Vielleicht hat er auch noch etwas mit der Waffenlieferung und den Depots des MfS zu tun.

Der Mann wird für uns immer interessanter, Karsten, auch wegen dieser Netzwerke. Ich werde wohl noch einen Bericht nach Berlin schicken und du wirst sicherstellen, dass du am Sonntag in Pale auftauchen kannst. Geht das bei dir oder macht General Gavenne Probleme, wenn du schon wieder am Sonntag in Richtung Pale abzischst?"

„Nein, der ist relativ entspannt, solange alles erledigt wird und er einigermaßen im Bilde ist. Das kann ich ihm wohl noch nicht berichten."

„Auf keinen Fall. Denk daran, German Eyes Only. Wenn er eingeweiht werden muss, geht das über den Chef des Stabes. Aber soweit sind wir noch nicht. Du machst am Sonntag deinen kleinen Ausflug und ich komme mit. Ich werde aber noch einen weiteren Soldaten der GENIC mitnehmen, damit ich nicht alleine im Auto oder im Café auf dich warten muss."

* * * *

Die Spannung stieg und täglich besprachen sich Mike und Karsten. Doch keine weiteren telefonischen oder brieflichen Nachrichten tauchten auf.

Am Sonnabend am frühen Nachmittag gab General Gavenne wieder einmal Mielke den Schlüssel zu seinem Büro, denn er wollte das Wochenende in der französischen Brigade in Mostar verbringen. Dort brachte man einem französischen General Respekt entgegen und auch das Essen wurde wohl standesgemäßer zelebriert als im großen Speisesaal des Hauptquartiers. Mielke war das nur Recht, er konnte in Ruhe deutsches Fernsehen über Satellit sehen und später auch mit Inge sprechen.

Der Sternenhimmel in Sarajevo war an diesem Abend überwältigend, denn die Stadt produzierte keine Abgase mehr, die den Himmel verdunkeln konnten. Der Himmelsjäger Orion mit seinem deutlichen Sternengürtel beherrschte den westlichen Himmel und natürlich war auch der große Wagen, den jeder Seemann kennt und schätzt, sehr gut sichtbar. Die Verlängerung der hinteren Achse fünfmal nach oben zeigte die Position des Polarsterns und wenn man diese Linie weiter verlängerte, kam man über Kiel in Richtung Nordpol.

„Was braucht man einen Kompass, wenn man die Himmelsrichtungen kennt und auch noch den Polarstern findet", dachte Mielke. In dieser ziemlich wilden Zeit war es sehr beruhigend, den Sternenhimmel immer noch unverändert vorzufinden.

Am Sonntag trafen Mike und Karsten sich rechtzeitig, um ohne Probleme zum angegebenen Termin nach Pale zu kommen. Das Auto war ein Volkswagen Passat mit bosnischem Kennzeichen. Mielke vermutete die GENIC als Besitzer dieses Wagens. Zusätzlich stieg ein Hauptfeldwebel ein, der sich nur murmelnd vorstellte, ansonsten aber nichts sagte. Wahrscheinlich war er noch nie mit einem Mariner in einem Auto gefahren.

In Pale fuhren sie gleich in Richtung der kleinen Kirche und parkten außerhalb des Sichtbereichs des Lokals, in dem sie vor zwei Wochen gesessen hatten.

Mielke stieg aus und ging ohne Zögern durch die schwere Tür der Kirche. Innen war wieder kein Mensch zu sehen, aber viele Kerzen brannten.

Nach kurzer Zeit bewegte sich ein großer Ledervorhang und ein Pope in schwarzer Tracht kam heraus. Er nickte Mielke zu und deutete an, er solle zu ihm kommen. Gemeinsam verschwanden sie hinter dem Vorhang, zu einer Treppe, die nach unten führte. Auch sie war mit Kerzen erleuchtet. Am unteren Ende der Treppe sagte der Pope in der krächzenden Stimme, die Mielke vom Telefon her kannte: „Kommen Sie, Sie werden erwartet." Vor ihnen öffnete er eine Tür, hinter der sich ein schmaler Raum befand, in dem an einem Tisch tatsächlich Saulus saß. Er stand auf und begrüßte Mielke mit Handschlag.

„Ich freue mich sehr, dass Sie kommen konnten, Herr Mielke. Bitte nehmen Sie Platz. Der Pope ist ein Vertrauter von mir, bei dem ich mich mitunter ausweinen kann, wenn mir hier alles nicht mehr passt. Wir kennen uns aus früheren Zeiten, er war auch eine Zeit lang in der DDR, wo er deutsch gelernt hat."

„Wie kommen Sie denn hier her und was machen Sie hier im serbischen Teil von Bosnien?"

„Wissen Sie, ich war in den Zeiten der DDR hier an der Botschaft in Belgrad tätig und hatte gute Kontakte zu der Regierung hier. Als dann Jugoslawien zerfiel und die Serben glaubten, hier ein neues Reich einrichten zu können, brauchten sie auch einen Geheimdienst, möglichst so ähnlich wie unser altes MfS. Man hat mich dann in Berlin gefunden und mir ein Angebot gemacht, zu dem ich nicht nein sagen konnte, zumal ich in der neuen deutschen Republik keine Anstellung bekommen hätte.

Also bin ich nach Belgrad und weiter nach Pale gekommen, um unter der Führung von Karadzic hier diesen Dienst aufzubauen."

„Wohnen Sie hier im Ort und haben Sie hier ein Büro?"

„Nein, soviel Freiheit gibt es hier nicht. Es gibt unter einem harmlos aussehenden Bauernhaus hier in Pale einen riesigen, geheimen Bunker. Der wurde damals unter Tito gebaut und war das Hauptquartier der serbischen Division in Sarajevo. Dazu gehören auch Unterkünfte und in einer dieser unterirdischen Zellen hause ich. Nicht besonders komfortabel, das kann ich Ihnen versichern. Keine frische Luft und kein natürliches Licht. Mein Büro ist auch in dem Bunker, aber ein Telefon, mit dem ich direkt telefonieren könnte, gibt es natürlich nicht. Das war in der NVA nicht anders. Daher musste der Pope die Verbindung zu Ihnen aufnehmen."

„Seit zwei Jahren bin ich nun damit beschäftigt", fuhr Gramatzki fort „den Nachrichtendienst der serbischen Republik in B-H aufzubauen. Zuerst lief es auch ganz gut, ich hatte Zugang zu den wesentlichen Funktionsträgern einschließlich Mladic und Karadzic. Aber bald wurde mir klar, dass der Aufbau von funktionierenden Strukturen nicht das Ziel der Herrschenden war. Sie erwarteten von ihrem Geheimdienst, ihnen die Serben zu benennen, die man erpressen konnte, deren Beseitigung ihre Pläne fördern würde und die man besser in den Kosovo vertreiben sollte. Alles stand unter dem obersten Ziel, sich so schnell wie möglich hemmungslos die eigenen Taschen zu füllen.

Karadzic und Mladic sind wahrhaftig die Schlimmsten. Wie hier das einfache Volk belogen und betrogen wird, ist einfach grauenhaft. Ich habe protestiert, aber man hat mich nur auf das MfS verwiesen und mir gesagt, ich solle nur meine Aufgabe erfüllen, dann würde es mir auch so gut gehen. Aber das wollte ich nicht. Nun stehe ich seit einiger Zeit selbst unter Beobachtung und muss aufpassen, nicht plötzlich vor einem Erschießungskommando zu stehen."

„Was, so schlimm?" Mielke war entsetzt.

„Genau so ist es. Nun wird in drei Wochen der Stab von Karadzic von Pale nach Banja Luka im Norden verlegt und ich muss natürlich mit. Als ich Sie nun sah, hatte ich das Gefühl, eine letzte Chance zu bekommen, mich von diesen Verbrechern zu lösen und wieder ein gutes Gewissen zu haben. Sie sind meine letzte Chance, mich von hier nach Sarajevo zu bringen. Ich kann natürlich nicht mit meinem Dienstwagen dahin fahren. Das würden die hiesigen Schurken nicht gestatten und mich wahrscheinlich sofort erschießen. Nein, es muss konspirativ erfolgen und der einzige Ort, von dem aus das möglich ist, ist dieses kleine Gotteshaus. Hier kann ich mich ohne Überwachung aufhalten, soviel Respekt haben sie noch vor der Kirche. Falls ich mit Ihrer Hilfe sicher nach Sarajevo komme, bin ich bereit, meine gesamten Kenntnisse über das System Karadzic, seine Helfer, seine Konten und seine Aufenthaltsorte mitzuteilen. Außerdem ist mein Wissen über die geheimen Netze des ehemaligen MfS sicher von großem Interesse für die Dienste der BRD. Auch darüber werde ich Auskunft erteilen. Natürlich erwarte ich im Gegenzug Schutz vor Verfolgung durch die Serben und auch durch meine ehemaligen Genossen."

„Herr Gramatzky, ich weiß nicht, ob ich Ihnen wirklich helfen kann. Zusagen können Sie jetzt sowieso nicht erwarten, das muss zunächst im Hauptquartier SFOR und dann mit den deutschen Behörden abgesprochen werden."

„Auf keinen Fall darf das Hauptquartier SFOR davon etwas wissen. Die Serben haben gute Kontakte dahin und wissen ziemlich genau, was dort geplant wird. Denken Sie an den Brief, den Sie letzte Woche bekommen haben. Mit der Post ist der nicht angekommen. In Sicherheit bin ich nur, wenn ich ausschließlich mit deutschen Stellen in Kontakt bin. Das müssen Sie mir versprechen."

„Na gut, ich rede mit den Deutschen, aber wie kann ich Sie erreichen?"

„Sie werden wieder angerufen. Wenn Sie die Sache für mich regeln können, erwähnen Sie bei Ihrer Antwort das Wort Berlin. Wenn es nicht klappen sollte, wählen Sie Bonn."

„Gut, das kann ich mir merken. Aber wie stellen Sie sich das Ganze vor, Herr Gramatzky?"

„Die beste Chance ist am Sonntagabend in zwei Wochen. Dann singt um 19.00 Uhr der Chor dieser Kirche, der wirklich beeindruckend ist. Es kommen viele Zuhörer und das will ich ausnützen. Ich schleiche mich in dem Gedränge zu Ihrem Auto und verstecke mich im Kofferraum. So groß bin ich ja nicht, das wird schon klappen. Nach dem Konzert, so gegen 20.00 Uhr, steigen Sie einfach in Ihren Wagen und fahren durch den Tunnel nach Sarajevo. Kontrollen von SFOR-Personal sind ja nicht erlaubt, also sollten Sie keine Schwierigkeiten haben. Es wäre vielleicht noch sicherer, wenn einige gepanzerte Wagen von SFOR um diese Zeit auch durch den Tunnel fahren könnten. Dann gibt es überhaupt keine Kontrollen. Was dann passiert, wenn wir in Sarajevo angekommen sind, überlasse ich den deutschen Behörden. Aber jetzt müssen wir uns trennen, ich muss mich wieder in meinem Hauptquartier melden. Ich hoffe aber, dass Sie mir helfen werden."

„Ich persönlich helfe Ihnen gerne, denn Sie haben mir ja auch geholfen. Nur bin ich zunächst einmal der Bote, der Ihre Wünsche weitergibt. Entscheidungen fällen andere Stellen. Aber ich werde Druck machen, da ich Ihre Zeitnot verstehe. Wegen der zahlreichen Stellen, die beteiligt werden müssen, dauert die Entscheidung sicher länger. Sie sollten nicht vor Dienstag in einer Woche anrufen lassen. Dann hoffe ich, grünes Licht signalisieren zu können, also Berlin, wenn ich mich recht entsinne."

Gramatzky nickte, stand auf und schüttelte Mielke die Hand. Ohne ein weiteres Wort verschwand er aus dem Raum und kurz darauf erschien der Pope und führte Mielke die Treppe hinauf. Er deutete auf den Ledervorhang, durch den Mielke wieder in den Kirchenraum gelangte, der nur noch schwach mit wenigen Kerzen erleuchtet war. Hinter der Kirche stand der Passat, mit dem er gekommen war. Mielke stieg ein und setzte sich zu Mike nach hinten. Der Hauptfeldwebel saß am Steuer. Sie fuhren schweigend zurück nach Sarajevo und gingen in die GENIC, wo Mielke ausführlich Bericht erstatten konnte. Anschließend ging er noch einmal zu J-5, um zu sehen, ob es wichtige Neuigkeiten gab. Das war nicht der Fall und so machte es sich Karsten im Büro seines Generals gemütlich, um Fernsehen zu gucken und noch einmal mit Inge zu telefonieren.

* * * *

Am nächsten Tag trafen sich die Freunde nach dem Mittagessen und Mike berichtete, er habe den Fall nach Deutschland weitergegeben, wo jetzt geprüft würde, ob die „Befreiung" von Gramatzky den Aufwand und das Risiko rechtfertigten.

„Ich bin sicher, dass es klappen wird, Karsten. Zum einen weiß Gramatzky viel über die Strukturen des Machtapparats der serbischen Teilrepublik in Bosnien und zum anderen werden wir hoffentlich auch das Netzwerk des MfS im Osten ein wenig entschlüsseln können. Doch alles hängt davon ab, ob Gramatzky in beiden Feldern aussagebereit ist und nicht nur einen günstigen Rückflug nach Deutschland haben will. Da es nicht möglich ist, langwierige Verhandlungen mit Gramatzky hier vor Ort zu führen, muss man ihm entweder vertrauen und zurückbringen oder auch nicht. Ich habe jedenfalls darauf hingewiesen, wie er sich aus freien Stücken bereit gefunden hat, dir zu helfen und die Sache des Spions in List aufzuklären. Das Risiko ist meiner Einschätzung nach überschaubar und die Möglichkeiten, die seine Aussagen für uns ergeben, scheinen dafür zu sprechen, ihn herauszuholen.

Aber das ist außerhalb unserer Kompetenzen, da müssen wir einfach warten. Eines aber könnte auch dabei herauskommen, nämlich deine kurzfristige Herauslösung aus diesem Hauptquartier."

„Warum denn das?", fragte Mielke.

„Du hast ja schon mitbekommen, welch gute Verbindungen die Serben bis ins HQ haben. Denk nur an den Anruf und den Brief, der plötzlich auf deinem Schreibtisch lag. Wenn das Verschwinden von Gramatzky Karadzic und seiner Bande auffällt, wird sicher bald der Pope befragt und solche Befragungen sind ziemlich schmerzhaft. Es kann also sein, dass du als „Befreier" von Gramatzky ermittelt wirst und damit bist du automatisch ein Feind der Serben, vielleicht wird sogar ein Urteil gegen dich gefällt.

Wenn Gramatzky sicher in Deutschland ist, musst du ihm bald folgen, denn hier in Sarajevo und im ganzen Bosnien bist du nicht mehr sicher. Und wie ich dich kenne, wirst du es nicht aushalten, immer im HQ zu bleiben oder nur in größeren Gruppen das HQ zu verlassen. Sei dir darüber im Klaren, deine Zeit hier ist dann abgelaufen."

„Da wird mein Stab in Kiel sich aber wundern", meinte Mielke, „wenn ich plötzlich wieder auftauche, noch vor dem Ende meines Halbjahres. Aber mir ist das recht. Mehr als das, was ich bisher hier erlebt habe, kann ich nicht erfahren. Und Inge wird sich auch freuen, mich schon soviel früher wieder zu sehen. Doch warten wir erst einmal ab, was die deutschen Behörden daraus machen."

Die beiden Freunde trennten sich und jeder ging in die Richtung seines Aufgabenbereichs, Mielke zu J-5 und Habicht in die GENIC.

* * * *

Die ganze Angelegenheit mit Gramatzky alias Saulus war jetzt also in den Händen der deutschen Behörden. Mielke musste warten, bis im Ministerium oder gar im Bundeskanzleramt eine Entscheidung gefallen war. Wollte man Gramatzky wirklich aus Pale herausholen? Vielleicht war er auch nicht so wichtig, dass man ein Zerwürfnis mit den Serben wegen dieser Sache riskieren sollte.

Mielke war das recht, so konnte er sich um die anderen Angelegenheiten von J-5 kümmern. Das Restaurant für die Verabschiedung von Joe Buckett musste ausgesucht werden. Außerdem stand der mögliche Besuch in Mostar mit der OSZE und mit Sabine noch bevor. Vielleicht wollte er auch einige Änderungen im Arbeitsablauf von J-5 planen, sollte er tatsächlich als Stellvertreter eingesetzt werden.

Eine Sache würde er sofort ändern: Jeder Offizier von J-5, der außerhalb des Hauptquartiers einen Besuch oder eine Besprechung durchführte, musste einen Dienstreisebericht abgeben. Das bedeutete auch, dass sich jeder abzumelden hatte, wenn er das HQ verließ. Zu oft hatte Mielke den Eindruck, die Mitarbeiter wollten sich nur mal so zum Kaffee außerhalb des HQ treffen. Bei allem Verständnis für diesen Wunsch, es musste etwas Greifbares dabei für J-5 herauskommen. Buckett hatte das sehr locker gesehen, aber Mielke wollte da mehr Kontrolle ausüben und auch ein wenig Disziplin.

Sabine rief ihn an und teilte mit, dass der Konvoi der OSZE an dem besagten Sonntag um 16.00 Uhr von der OSZE in Sarajevo losfahren sollte. Karsten möge bitte pünktlich sein, denn ein Eintreffen in Mostar nach 19.00 Uhr sei keineswegs angeraten. „Zu viele dunkle Gestalten in dieser gespaltenen Stadt", wie sie sagte. Mielke dankte, konnte aber noch nicht zusagen, da SFOR noch nicht über seine Teilnahme entschieden hatte. Den wahren Grund ließ er nicht verlauten, Sabine durfte von der Flucht von Gramatzky nichts wissen.

So verging die Woche schnell. Buckett wurde mit allen Ehren, einer Urkunde mit den Unterschriften aller Mitarbeiter von J-5 und einem ziemlich Besäufnis mit leckerem Wein und Pflaumenschnaps verabschiedet. Er würde demnächst vom HQ Heidelberg zurück in die USA versetzt und dort sollte sich entscheiden, ob er eine weitere Karriere in der US-Army haben könnte.

General Gavenne ernannte Karsten zu seinem offiziellen Stellvertreter und erklärte gleich, dass bei J-5 die Waffenfarbe zweitrangig sei und Mielke sich sehr gut unter all den Heereskameraden behaupten konnte. Natürlich musste Karsten dann auch noch einen ausgeben. Schließlich würde er auch die Box von Buckett beziehen, von der man einen guten Überblick über die Abteilung hatte. Außerdem musste jeder, der den General sehen wollte, an ihm vorbeigehen.

Dreizehntes Kapitel

Mielke war höchst erfreut, als Mike ihn am Dienstag vor dem Chorkonzert anrief und ihm mitteilte, die deutschen Behörden seien sehr daran interessiert, Gramatzky aus Pale nach Sarajevo zu holen. Ein deutscher Zug mit sechs Panzerspähwagen würde am gleichen Abend eine Routinefahrt durch die nähere Umgebung von Sarajevo machen, die auch den Tunnel von Pale einschloss. Die Kolonne würde gegen 19.50 Uhr durch den Tunnel fahren, langsam genug, um eventuelle illegale serbische Straßensperren vor dem Tunnel zu entdecken und den schnellen Wiederaufbau zu verhindern.

Aus dem Hauptquartier würden mindestens fünf Dienstwagen von SFOR zu dem Konzert erwartet, darunter aber nur ein VW Passat, um Gramatzky nicht zu verwirren.

„Wie hast du das denn alles organisiert?", fragte Mielke. „Frag nicht, aber wir haben da Mittel und Möglichkeiten", antwortete Mike Habicht.

„Jetzt fehlt nur noch der Anruf des Popen, mit dem der Plan in Gang gesetzt wird, Gramatzky aus Pale herauszuschaffen."

„Ja, wenn der nicht kommt, haben wir nur einen netten Abend in Pale und die deutsche Truppe einen Panzerausflug am Samstagabend", lachte Habicht und beendete das Gespräch.

Der erwartete Anruf erfolgte am Donnerstag gegen 15.00 Uhr. Die Stimme war dieselbe, rau und in gebrochenem Deutsch: „Treffen Sie sich wie geplant?"

„Ja, wie geplant, es sei denn, ich muss nach Berlin. Aber das glaube ich nicht." „Dann ist es ja gut."

Der Hörer wurde aufgelegt. Mielke wusste immer noch nicht, wie seine Telefonnummer bekannt geworden war, aber das war jetzt auch egal. Ein kurzer Anruf bei Mike stellte alle internen Ampeln auf grün.

Nur eine Sache machte Mielke noch Kopfzerbrechen. Er musste den deutschen Chef des Stabes und seinen französischen General bald in Kenntnis setzen. Das wollte er am Abend mit Mike bei einer Flasche Wein besprechen.

Mike stimmte zu und erkannte die Notwendigkeit zur Information ebenfalls. Nur der Zusammenhang, in dem Karsten Herrn Gramatzky kennen gelernt hatte, sollte möglichst nicht in Einzelheiten ausgebreitet werden.

Aber der Weg der Information seines französischen Generals ging natürlich über den Chef des Stabes in seiner Funktion als Chef und als dienstältester deutscher Offizier. Mike würde dafür sorgen, dass der Chef der GENIC, ein Oberst, den Mielke noch nie zu Gesicht bekommen hatte, ebenfalls anwesend sein sollte. Er allerdings würde bei dem Gespräch nicht dabei sein, sondern dafür sorgen, dass alle Vorbereitungen rechtzeitig und im gewünschten Umfang abgeschlossen sein würden, wenn die Flucht von Gramatzky erfolgte. Das Chorkonzert in der Kirche von Pale ließe er sich jedenfalls nicht entgehen.

„Schließlich bin ich ein großer Freund slawischer Chöre", meinte er mit einem breiten Lächeln. Die Besprechung mit dem Chef des Stabes war für Freitag nach der großen Lage angesetzt.

General Böckle blickte leicht verblüfft, als er in seinem Büro mehrere Offiziere vorfand, die er nicht erwartet hatte. Ihm war lediglich mitgeteilt worden, es gäbe einen Vortrag und Entscheidung in einer „dringenden nationalen Angelegenheit". Mielke kannte er von den vielen Besprechungen, der Oberst war auch ihm unbekannt und sein deutscher Adjutant saß in der Ecke, bereit, alles mitzuschreiben.

„Nun, meine Herren, behalten Sie Platz", eröffnete General Böckle das Gespräch. „Man hat mir auch mitgeteilt, dass ich anschließend eine Unterredung mit General Gavenne haben werde. Als alter Panzerfahrer nehme ich an, die Sache hat mit Ihnen, Herr Mielke, zu tun. Liege ich da falsch?"

„Nein, Herr General", antwortete Mielke.

„Also, was ist diese dringende nationale Angelegenheit?"

„Wollen Sie anfangen, Herr Oberst?", fragte Mielke. Doch der Chef der GENIC schüttelte nur mit dem Kopf und sagte: „Machen Sie das mal, Herr Kapitän."

So beschrieb Mielke die Begegnungen in Pale, zitierte den Brief und erwähnte auch, dass er diesen Gramatzky schon mal in Berlin getroffen hatte. Er ging nicht weiter darauf ein und der Chef des Stabes fragte auch nicht nach. Nachdem Mielke seinen Bericht beendet hatte, räusperte sich der General und sagte: „Das klingt doch alles sehr vernünftig, was da laufen soll. Ich bin dafür, deutsche Staatsbürger aus solchen Notlagen zu befreien, wenn es uns möglich ist. Dabei darf der Auftrag, den wir in diesem Lande haben, dadurch nicht gefährdet werden. Was ist also das Dringende?"

„Wenn ich mich hier einschalten darf", sagte plötzlich der Oberst. „Ich bin übrigens der Chef der GENIC, mein Name ist Oskar Schuster. Wenn diese Aktion am Sonntag erfolgreich verläuft, werden die Serben alles daran setzen herauszufinden, wie ihnen Gramatzky entkommen konnte. Sehr bald werden sie einen Zusammenhang zwischen ihm und den Besuchen von Herrn Mielke in Pale konstruieren. Eine Beweislage wie im deutschen Strafrecht werden sie nicht fordern, sondern der Verdacht würde ausreichen. Herr Mielke steht dann auf der Liste von Personen, deren Leben hier nicht mehr sicher ist. Das macht man auch, um mögliche weitere Unterstützer abzuschrecken.

Wir müssen Herrn Mielke nach erfolgreicher Operation relativ schnell aus dem Lande zurück nach Deutschland schicken, also der Abteilung J-5 den Stellvertreter und der deutschen Marine das Sprachrohr und Auge hier in Sarajevo nehmen. Wir sind der Auffassung, dass Gramatzkys Kenntnisse über das System Karadzic und sein Wissen über die Netzwerke des ehemaligen MfS diesen Einsatz rechtfertigen. Es bedeutet aber einen erheblichen Eingriff in die Stabsorganisation von SFOR, der von höchster Stelle abgesegnet werden muss. Nach außen sollte es aber so aussehen, als wenn die

Rückversetzung von Mielke schon längst geplant war."

„Dann muss das wohl so sein", sagte General Böckle. „Ich bin mir nicht sicher, ob J-5 oder gar der deutsche Anteil SFOR mehr darunter leidet, wenn Herr Mielke sich so klammheimlich aus dem Staube macht. Andererseits wollen wir auch keinen weiteren Mord hier in Sarajevo, der erste hat schon genug Unheil über Europa gebracht. Was sage ich nun meinem Freund Gavenne?"

„Sagen Sie ihm, aus dienstlichen Gründen kann der Kapitän Mielke leider nicht länger in Sarajevo bleiben. Diese Entscheidung der deutschen Führung sei leider unumstößlich und Gavenne müsse sich aus dem Pool seiner Offiziere einen neuen Stellvertreter aussuchen", schlug Oberst Schuster vor.

Der Chef des Stabes nickte. „Ja, dann wird Gavenne auch nicht weiter nachfragen. Bei den Franzosen werden solche Entscheidungen der Führung auch nicht diskutiert, besonders nicht mit Ausländern. Nur Mielke muss jetzt auch den Mund halten, auch wenn es ihm schwer fällt. Ist das klar, Herr Mielke?"

„Jawohl, Herr General, ich werde nichts anderes sagen. Weder innerhalb J-5 noch zu anderen deutschen Kameraden."

„Wer weiß von der Sache außerhalb dieses Raumes?"

„Nur noch Oberstleutnant Habicht von der GENIC."

„Und der ist verlässlich?"

„Jawohl, Herr General, für den lege ich meine Hand ins Feuer", sagte Oberst Schuster. „Mehr kann man nicht verlangen", meinte General Böckle und beendete die Besprechung. „Adjutant, holen Sie General Gavenne zu mir und machen Sie es so formvollendet wie möglich."

* * * *

Es war sehr mühsam gewesen, Sabine am Donnerstag abzusagen. Sie wollte nicht verstehen, warum Karsten diese Möglichkeit, alle Mitarbeiter der OSZE in Bosnien zu treffen und auch die Sicht des Hauptquartiers SFOR zu erläutern, nicht nutzen wollte.

Es gibt noch keinen Grundsatzbeschluss für die Zusammenarbeit SFOR mit der OSZE, liebe Sabine. Was wir bisher gemacht haben, ist lose Zusammenarbeit auf der Arbeitsebene. Eine offizielle Teilnahme an einer OSZE-Konferenz in Mostar ist weitergehend und bedarf eines entsprechenden Beschlusses. Dafür ist ja meine Abteilung zuständig, doch wir haben einfach noch kein grünes Licht.

So bleibt mir nur, dir eine gute Reise zu wünschen und zu hoffen, von dir später zu hören, wie es gelaufen ist. Vielleicht finden wir dann die Argumente, damit in Zukunft immer ein Vertreter SFOR an euren Regionalkonferenzen teilnehmen wird."

Das war zwar eine Notlüge, aber Sabine verstummte und war sichtlich beleidigt.

„Na gut, dann eben nicht", waren ihre letzten Worte. „Auch gut", dachte Mielke, als er den Hörer aufgelegt hatte.

Vierzehntes Kapitel

Mielke war sich absolut nicht sicher, ob Gramatzky tatsächlich am Sonntag auftauchen würde. Dennoch war er vorbereitet, als er am frühen Abend des Sonntags in dem Passat nach Pale aufbrach. Ohne Schwierigkeiten gelangte er dorthin und fand auch auf der Wiese an der Kapelle einen Parkplatz. Wie aus dem Nichts tauchten in den nächsten Minuten mehrere SFOR-Dienstwagen auf, die sich um seinen Platz herum breit machten. Auf dem direkten Weg zur Straße stand ein weiterer Dienstwagen, dessen Fahrer aber den Eindruck machte, dort warten zu wollen.

„So etwas machen die nicht zum ersten Mal", dachte Mielke, als er staunend den Aufmarsch der Wagen beobachtete. Das Konzert, das um 19.00 Uhr beginnen sollte, wurde auch von vielen Einheimischen besucht, die aber meist zu Fuß kamen. Mielke suchte sich einen Platz in der Nähe der Tür, um schnell und möglichst unbemerkt den Kirchenraum verlassen zu können und genoss den Gesang des Chores, nicht ohne gelegentlich auf die Uhr zu blicken. Seine innere Nervosität wuchs mit jeder Minute.

Gegen 19.40 Uhr stahl er sich hinaus auf den Parkplatz. Er umrundete sein Fahrzeug und schaute, ob er von irgend jemandem beobachtet würde. Er konnte nichts Auffälliges erkennen und klopfte jetzt leicht auf den Kofferraumdeckel. Es klopfte leise zurück. Gramatzky war tatsächlich eingestiegen und Mielke atmete erleichtert auf.

Als er seinen Wagen startete, machte der Wagen vor ihm wie von Geisterhand Platz und er konnte ohne Probleme die Straße in Richtung Sarajevo erreichen. Noch vor dem Tunnel traf er auf die deutsche Kolonne, die ihn praktisch in die Mitte nahm und ihn so durch den Tunnel nach Sarajevo geleitete.

Im Stadtgebiet bogen die Panzerspähwagen rechts ab und Mielke erkannte kurz darauf an der alten Bibliothek die Gestalt von Mike Habicht, der am Straßenrand auf ihn wartete. Er stieg ein und führte Karsten durch enge Gassen bis zu einem Hof einer ehemaligen Karawanserei. Das Hoftor wurde geschlossen und sie waren in Sicherheit. Mielke und Habicht stiegen aus und öffneten die Heckklappe. Drinnen lag zusammengekauert unverkennbar Karl-Heinz Gramatzky. Er ließ sich aus dem Auto helfen, streckte sich und hielt Mielke seine Hand entgegen. „Vielen Dank, Herr Mielke, für Ihre Hilfe."

„Gerne doch, Herr Gramatzky. Mike, darf ich dir Herrn Karl-Heinz Gramatzky vorstellen, den ich zuerst als Saulus in Ostberlin kennen gelernt habe. Herr Gramatzky, das ist Oberstleutnant Habicht vom MAD. Er ist mein Freund und hat mir geholfen, Ihnen zu helfen."

„Dann bin ich Ihnen ja auch sehr zu Dank verpflichtet, Herr Habicht."

„Ja, Herr Gramatzky, wir haben Ihnen die Flucht aus Pale ermöglicht, weil wir von Ihnen erwarten, uns bei der Lösung einiger Probleme zu helfen. Einzelheiten besprechen wir später. Ihr Rückflug nach Deutschland ist übrigens noch für diese Nacht vorgesehen. Aber Karsten, nachdem du Herrn Gramatzky identifiziert hast, ist dein Teil an der Aktion jetzt abgeschlossen. Wenn du dich beeilst, kommst du noch vor 22.00 Uhr in das Hauptquartier. Sobald du aus dem Tor gefahren bist, wird sich ein Renault 21, Farbe blau, vor dich setzen und dich sicher nach Ilidza geleiten. Wir sprechen dann morgen weiter." Mielke nickte, schüttelte Gramatzky noch einmal die Hand und fuhr los. Wie erwartet, scherte vor ihm ein dunkelblauer Wagen in seine Spur und brachte ihn sicher zurück. In Ilidza ging er gleich in das Kasino und gönnte sich ein schönes Bier, denn er hatte das Gefühl, es wirklich verdient zu haben. Natürlich war er neugierig, was jetzt mit Gramatzky passieren würde. Er kannte das Geschäft der Nachrichtendienste gut genug, um zu wissen, dass man nur das erfuhr, was zur Erfüllung des Auftrags nötig war. Sein Teil war jetzt erfolgreich beendet und damit Schluss.

* * * *

Das Gespräch mit General Gavenne am Montag verlief kurz und unproblematisch. Der General händigte ihm zunächst eine deutsche Versetzungsverfügung aus, die er zwar nicht lesen konnte, aber die Worte „zurück" und „Dienstort Kiel" waren ihm vertraut. Auch er kannte sehr kurzfristige Entscheidungen der militärischen Führung aus eigenem Erleben und erwähnte nur, wie er selbst innerhalb von 48 Stunden vom Kommandeur einer Truppenschule des französischen Heeres zum Militärberater des Tschad wechseln musste, ohne Zeit zu finden, sich von seiner Familie in Paris richtig verabschieden zu können.

Er hoffte nur, dass diese plötzliche Rückversetzung für Mielke den nächsten Schritt auf der Karriereleiter bedeuten würde. Mielke wusste es besser und machte nur eine hoffnungsvolle Geste, mit der sich Gavenne auch zufrieden gab. Er bat noch darum, von Mielke einen Nachfolger für die Funktion als Stellvertreter J-5 empfohlen zu bekommen.

Das versprach Karsten und ging zurück an seinen Arbeitsplatz. Natürlich würde er einen der deutschen Offiziere vorschlagen, vielleicht Andreas, der ihm manchmal bei der Vorbereitung von Powerpoint-Präsentationen geholfen hatte. Oder Kurt, der schon ein älterer Oberstleutnant war und vielleicht eine positive Beurteilung von SFOR gut gebrauchen konnte. Aber das wollte er nicht heute angehen.

Wichtig war jetzt herauszufinden, wann sein Rückflug nach Deutschland geplant war und mit den administrativen Dingen, die damit verbunden waren, zu beginnen.

Auch Mike Habicht meldete sich telefonisch und verabredete sich mit ihm für den Abend im Kasino. Er wusste auch, dass momentan geprüft wurde, Mielke mit der planmäßigen Transportmaschine am Donnerstag auszufliegen, aber das war noch nicht sicher.

Doch die Administration forderte ihr Recht. Ein Laufzettel war zu erledigen, zahllose Unterschriften einzuholen und geliehenes Material unbeschädigt abzugeben. Und das alles an einem Montag im Mai, an dem endlich schönes Wetter herrschte und Sarajevo zu strahlen schien, trotz aller Trümmer, die immer noch zu sehen waren. Habicht hatte seinen Freund dringend davor gewarnt, Dienstgeschäfte außerhalb des Hauptquartiers zu erledigen.

„Wir wissen nicht, was die Serben schon wissen und wie sie reagieren werden", meinte er und Mielke gab ihm Recht. Also keine weiteren Besuche in der Innenstadt und wahrscheinlich auch kein nettes Abschiedsessen mit seinen Kameraden von J-5. Dafür aber mindestens sechs Wochen früher als geplant die Rückkehr nach Kiel zu Inge und zur Normalität des militärischen Lebens in Deutschland.

„Was habt ihr nun mit Sabine vor, nachdem ich sie ziemlich sicher auf dem Foto erkannt habe?", fragte Mielke.

„Nun, von Gramatzky haben wir von einer geplanten Waffenlieferung für die nächste Woche erfahren. Das hatte er übrigens mit seinen alten Kameraden des MfS eingefädelt, als er noch auf der serbischen Seite stand. Wir werden diese alte Fabrik observieren und alle verhaften, die dort auftauchen. Vielleicht ja auch Sabine. Von dieser Traumfrau musst du dich endgültig verabschieden. Die siehst du so bald nicht wieder."

Mielke lachte: „Das macht mir überhaupt nichts!"

* * * *

Am Dienstag überraschte Gavenne ihn mit der Mitteilung, er habe für den Abschied seines leider nur sehr kurz amtierenden Stellvertreters am Mittwoch eine Fahrt auf den Mount Igman vorgesehen. Dieser Berg überragte als höchster das Tal von Sarajevo und um ihn wurde heftig gekämpft. Die Fahrt würde in Jeeps stattfinden und mit einem militärischen Mittagessen dort oben enden.

Ihm sei vom Chef des Stabes angedeutet worden, dass Mielke sich besser nicht mehr in der Stadt sehen lassen sollte und auf dem Igman wäre diese Gefahr vernachlässigbar klein.

Mielke freute sich sehr über diese Idee, auch die Teilnahme des deutschen Chefs des Stabes fand er sehr gut.

So standen am Mittwoch um 08.30 Uhr fünf französische Jeeps aufgereiht vor dem Eingang zu J-5. Da hatten die Verbindungen des Generals zur französischen Brigade in Mostar geholfen. Nicht nur die fünfzehn mitfahrenden Offiziere von J-5 freuten sich auf diesen Ausflug, auch die Fahrer erklärten in gebrochenem Englisch, sie seien selbst noch nie auf dem Berg gewesen. Ein Erkundungsteam sei aber gestern hinaufgefahren, um alle Vorbereitungen zu treffen.
Die Fahrt startete und schon bald hatten sie das Stadtgebiet verlassen und schraubten sich einen Feldweg nach oben. Gespräche waren ausgeschlossen. Wie alle Streitkräfte hatten auch die französischen Jeeps keinerlei Geräuschdämpfung.

Nach einer knappen Stunde hielt der Konvoi an einem Aussichtspunkt, von dem man über den Flughafen in die Innenstadt blicken konnte. General Gavenne erklärte, hier seien die Serben im Tal nach Ilidza vorgedrungen. Es ist ihnen aber nicht gelungen, den Berg zu besetzen. Er wurde von den Bosniern erbittert verteidigt, denn hier liefen die Versorgungsrouten für die Verteidiger und die Zivilbevölkerung von Sarajevo.

Das Ausmaß an Zerstörungen war auch hier sehr deutlich. Für Mielke war es eine eindringliche Mahnung, was Völker in einer Nation sich antun, wenn sie aufgehetzt werden.

Nach Verlassen der Baumgrenze tauchte auch links und rechts des Weges der erste Schnee auf, der noch nicht abgetaut war. Die Jeeps quälten sich weiter, hielten aber etwa 50 Meter unterhalb des Gipfels an. Die Straße war vollkommen mit Schnee gefüllt, mindestens zwei Meter hoch. Am Rande verlief ein Trampelpfad. Der gemütliche Teil der Fahrt war also beendet, der Rest musste zu Fuß erledigt werden.

„Kein Problem", dachte sich Mielke, „endlich weiß ich, warum ich die ganze Zeit in Kampfstiefeln herumlaufen musste."

Auf der Bergspitze fiel als erstes der zerstörte und auf die Seite gefallene Fernsehturm auf, der eines der Symbole der olympischen Winterspiele von Sarajevo war. Jeder kannte ihn, der 1984 die Olympiade verfolgt hatte. Daneben stand eine größere Holzhütte und in einigem Abstand mehrere Masten, an deren Spitzen Hornstrahler in verschiedene Richtungen zeigten.

„Aha, eine Richtfunkstellung", sagte Mielke zu dem Chef des Stabes, der neben ihm stand.

„Haben Sie etwa so was auch bei der Marine?", fragte der zurück.

„Aber sicher, Herr General, allerdings nicht auf den Schiffen, sondern zum Beispiel im Flottenkommando."

Die Gruppe von J-5 stapfte in strahlendem Sonnenschein, aber auch bei eisigem Wind, zum Eingang der Hütte, wo sie von einem französischen und einem deutschen Feldwebel begrüßt wurden. Die Hütte war größer, als man es von außen vermuten konnte. Sogar ein Speisesaal existierte, in dem die ganze Gruppe Platz nehmen konnte. Die beiden Feldwebel erklärten in brauchbarem Englisch ihren Auftrag hier oben. Sie waren insgesamt sechs Fernmelder, die für reibungslosen Richtfunk im Großraum Sarajevo zu sorgen hatten. Beschützt wurden sie von einem Zug italienischer Alpinis, deren Zugführer sich zu ihnen gesellte, aber mangels ausreichender Englischkenntnisse nur mit den italienischen Angehörigen von J-5 sprechen konnte.

Dafür sorgten die Italiener für ein fabelhaftes Spaghetti-Gericht mit Parmesan und einer Tomatensoße, die genau richtig abgeschmeckt war. „Kriegen Sie das hier oben öfter?", fragte der Chef des Stabes.

Der deutsche Feldwebel wurde erst einmal rot, denn er hatte offensichtlich noch keinen Generalmajor erlebt, der ihn direkt ansprach. „Eigentlich immer, Herr General, da wir einen italienischen Koch haben, der einmal in der Woche ins Tal fährt, um Lebensmittel aus dem italienischen Lager zu holen. Doch jedes zweite Wochenende kochen abwechselnd die Franzosen oder wir. Wir haben sogar mal einen deutschen Koch hier oben gehabt, der ein freies Wochenende bei uns verbringen wollte. Das war natürlich Klasse. Die Franzosen haben ja keine Köche in den Stäben, aber die kriegen ihre Rezepte von zu Hause und es wird dann improvisiert."

„Meine Güte, das klingt ja paradiesisch", meinte der Chef des Stabes. „Ja, Herr General, solange die Technik funktioniert und das Wetter so ist wie heute. Wir haben hier oben aber auch ganze Wochen im Nebel, das geht schon aufs Gemüt."

Als auch der Espresso getrunken war, erhob sich Mielke, dem zu Ehren dieser Ausflug ja durchgeführt wurde.
Nach entsprechenden Dankesworten an die Generäle nahm er eines seiner Dienstgradabzeichen von der Jacke und überreichte es dem deutschen Feldwebel.

„Nageln Sie die Streifen eines Fregattenkapitäns an einen Ihrer Holzpfeiler hier. In hundert Jahren werden vielleicht Historiker bei Besichtigung der Reste dieser Hütte darüber grübeln, wie ein Kapitän der deutschen Marine hier hinauf gekommen ist."

Der Feldwebel dankte artig, die Gruppe klatschte Beifall und der Besuch auf Mount Igman war abgeschlossen.

Fünfzehntes Kapitel

Am Donnerstag erfuhr Mielke aus der deutschen Personalabteilung, dass er am folgenden Dienstag mit einer Transall der Luftwaffe von Sarajevo um 07.30 Uhr direkt nach Köln und von dort weiter nach Hohn in Schleswig-Holstein fliegen würde. Leider sei die Personalabteilung nicht darüber informiert, wer als Nachfolger für Mielke vorgesehen sei, aber die besonderen Bedingungen seiner Rückkehr nach Deutschland machte diese Frage auch zweitrangig.

Mielke sah das nicht so und rief sofort den Personalstabsoffizier seines Kommandos in Kiel an.

„Oberstleutnant von Schwalm, G1-Abteilung Regionalkommando Nord", meldete sich eine unbekannte Stimme.

„Hier ist Fregattenkapitän Mielke, HQ SFOR in Sarajevo", antwortete Mielke. „Ich kenne Sie nicht, Herr von Schwalm, denn Sie sind wohl nach meinem Weggang zu SFOR zum Regionalkommando gekommen."

„Ja, Herr Mielke, zum 1. April. Gott, ist mir das peinlich."

„Wie bitte?" Mielke war verdutzt.

„Sie, einer von der Marine, sprechen mit mir direkt aus dem Einsatzort Sarajevo, wo eigentlich ich sein müsste."

„Verstehen Sie denn was von Umweltschutz?"

„Wohl nicht mehr als Sie", antwortete von Schwalm. „Aber jetzt sind Sie ja in der Grundsatzabteilung, wenn ich die Aktenlage richtig verstanden habe."

„Haben Sie, Herr von Schwalm. Meine Frage an Sie ist heute, wer als mein Nachfolger vom Regionalkommando vorgesehen ist."

„Es gibt für Sie keinen Nachfolger, Herr Mielke. Österreich hat gegenüber der NATO erklärt, den Umweltschutz auch weiterhin verantwortlich führen zu wollen. Die anderen Dienstposten, die die Bundeswehr zu besetzen hat, werden von Spezialisten wie Fernmeldern oder Pionieren eingenommen. Die Offiziere der Planungsbereiche kommen überwiegend aus den Generalstabslehrgängen des Heeres. Erfahrung im Einsatz ist so wertvoll und innerhalb Deutschlands kaum realistisch zu erwerben."

„Na gut, dann brauche ich ja auch nicht meine Koje für den Nachfolger zu reservieren. Dann freut sich ein anderer darauf."

„Das habe ich jetzt nicht verstanden, Herr Mielke. Ist das Bett etwa wichtig?"

„Das können Sie wohl glauben. Aber egal, ich werde am Dienstag zurückfliegen, hoffentlich von meiner Frau in Hohn abgeholt und melde mich am Mittwoch im Kommando zum Dienst. Bis nächste Woche dann."

Mielke war entschlossen, die restlichen Tage in Sarajevo zu genießen. Da ihm sein Dienstwagen nach wie vor zur Verfügung stand, hätte er Zeit und Mittel, sich von Sarajevo, seiner Bevölkerung und seinem Bazar in Ruhe zu verabschieden. Leider war ihm auch klar, wie gefährlich es sein könnte, alleine durch den Bazar zu spazieren und ein Besuch unter Vollschutz mit Eskorte war auch nicht das, was er sich vorstellen mochte. So blieb er im Sicherheitsbereich, lud die ganze Abteilung für Sonntagabend nach dem Essen in die Bar des Hauptquartiers ein und setzte sich daran, einen Erfahrungsbericht über seine Zeit bei J-5 zu formulieren.

Da er Tagebuch geführt und außerdem noch Kopien aller Berichte seiner Mitarbeiter hatte, war es leicht, seine Zeit im HQ SFOR nachzuvollziehen.

Am Sonntag setzte er sich noch mit Kurt zusammen, der zu seiner großen Freude vom General zum Nachfolger von Mielke bestimmt worden war.

Der Abend an der Bar verlief fröhlich. Der Stab J-5 wusste ja nicht, warum der Abschied nicht in einem der Restaurants gefeiert wurde. Aber alle hatten gesammelt und ihm eine handgearbeitete Holzschatulle für Briefe und Photos gekauft.

„Damit besteht keine Gefahr, dass die vielen Briefe, die du verfasst und bekommen hast, nicht einen würdigen Platz im Hause Mielke finden. Falls noch Platz ist, können auch die von dir gemachten Bilder dazu kommen", sagte Kurt in seiner neuen Funktion als Stellvertreter.

Mielke war entsprechend gerührt.

Am Montag bestellte er den Dienstwagen zum Flugplatz für Dienstag, 05.30 Uhr, setzte sich noch einmal mit Mike zusammen und hatte noch ein Gespräch mit dem Chef des Stabes.

„Herr Mielke", sagte der C, „ich hatte ja Bedenken, einen von der Marine an der Schlüsselstelle von J-5 zu erleben, aber Sie haben Ihre Sache sehr gut gemacht. Alle meine Vorurteile gegenüber der Marine sind zunichte gemacht worden."

„Das Gleiche gilt auch für mich, Herr General. Aber das bezieht sich auf das Heer."

Der C lachte. „Sollte ich nach dieser Zeit noch einmal ins Ausland versetzt werden, werde ich an Sie denken, Herr Mielke. Bei Ihnen besteht jedenfalls keine Sorge, dass Sie sich nicht zurecht finden und mir gute Ratschläge geben, auch wenn Sie nicht darum gebeten wurden.

Ihren Beurteilungsbeitrag werde ich mit General Gavenne besprechen und auf dem Dienstweg an Ihr Kommando weiterleiten. Leben Sie wohl, Herr Mielke. Ich hoffe, Sie melden sich, wenn Sie mal da sind, wo ich auch bin."

Mielke schüttelte dem C die ausgestreckte Hand, grüßte militärisch und hatte damit seine letzte Amtshandlung im HQ SFOR abgeschlossen.

Mit Mike hatte er abgesprochen, die letzte Nacht im Besucherzimmer der GENIC schlafen zu dürfen. So wurden seine Mitbewohner nicht geweckt, wenn er am Dienstag gegen 05.00 Uhr aufstehen musste.

Sein französischer Zimmergenosse war jedenfalls sehr froh, die gemütliche Einzelkoje bereits in dieser Nacht nutzen zu können.

Die Transall der Luftwaffe hob pünktlich ab und Mielke flog in einen schönen Frühlingsmorgen in Richtung seiner Inge. Er war sehr froh.

Glossar (Abkürzungen)

APM	Anti-Personal-Minen
B-H	Bosnia-Herzegovina
C	Chef des Stabes
CIMIC	Civil Military Co-operation
CINC	Commander-in-Chief
G 1	Leiter Abteilung Personal
GENIC	German National Intelligence Cell
GSG 9	Grenzschutzgruppe 9 Antiterror
HQ	Hauptquartier
IFOR	Implementation Forces B-H
IPTF	International Police Task Force
LANDCENT	NATO Landstreitkräfte Zentral-Europa
MAD	Militärischer Abschirmdienst
MAG	Mine Action Group
MfS	Ministerium für Staatssicherheit der DDR
NATO	North Atlantic Treaty Organisation
NGO	Non Governmental Organisations
NVA	Nationale Volksarmee der DDR
OSZE	Organisation fur Sicherheit und Zusammenarbeit in Europa
SECCOS	Secretary to the Chief of Staff
SFOR	Stabilisation Forces B-H
UNHCR	United Nations High Commissioner for Refugees
UNMAC	United Nations Mine Action Center

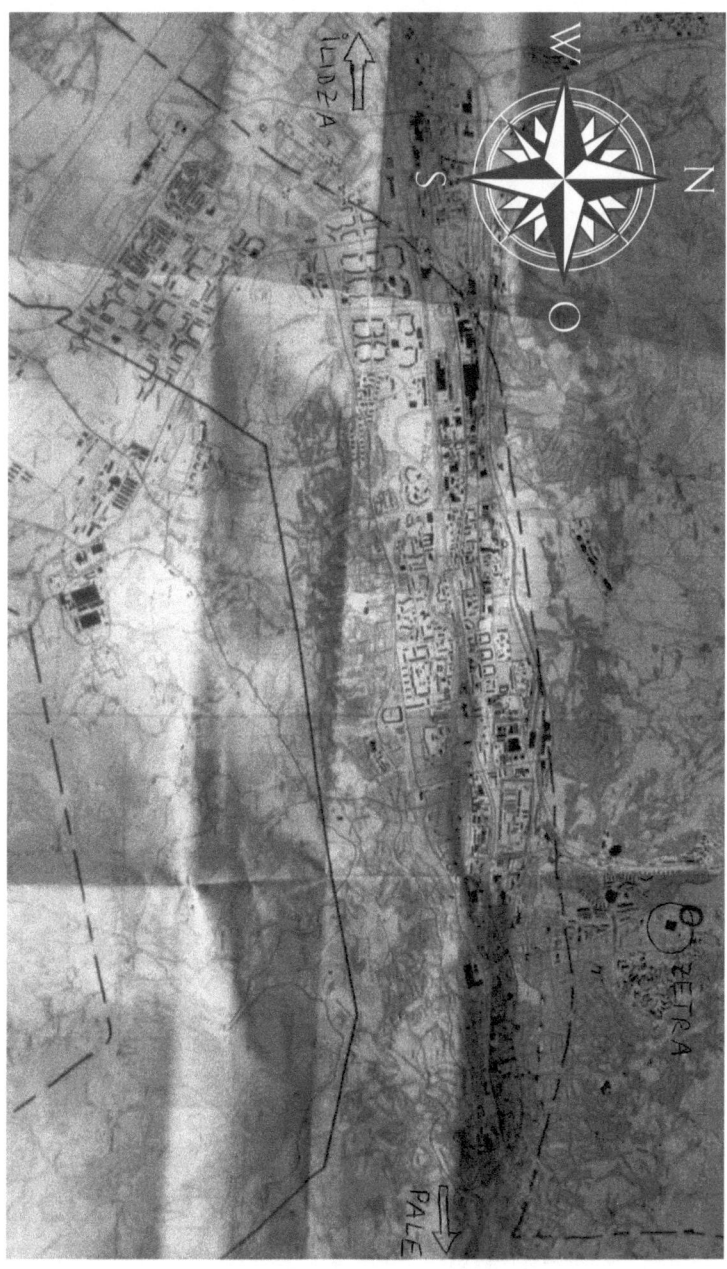

MARINE IN
ROMANFORM!

„Interessanter Marineroman, der in vielen Häfen stoppt. Empfehlenswert!"
deutsche-krimi-autoren.de

„Die Ereignisse nehmen in einer Zeit der Umbrüche in den Streitkräften kurz nach
der Wiedervereinigung einen ungeahnten Verlauf. Ähnliche Erfahrungen werden
zahlreiche Angehörige der Bundeswehr in jenen Tagen gemacht haben,"
Bundeswehr

„Natürlich merkt man dem Roman an, dass er von einem Insider geschrieben
wurde. Das ist kein Nachteil."
amazon.de, Leserrezension

FSC
www.fsc.org

MIX

Papier | Fördert
gute Waldnutzung

FSC® C083411

Zeitfracht Medien GmbH
Ferdinand-Jühlke-Straße 7
99095 Erfurt, Deutschland
produktsicherheit@kolibri360.de